· 全民微阅读系列 ·

舌尖上的刺刀

蒋玉巧　著

江西高校出版社

图书在版编目（CIP）数据

舌尖上的刺刀 / 蒋玉巧著 . — 南昌：江西高校出版社，2017.3（2021.1重印）

（全民微阅读系列）

ISBN 978-7-5493-5154-1

Ⅰ. ①舌⋯　Ⅱ. ①蒋⋯　Ⅲ. ①小小说—小说集—中国—当代　Ⅳ. ① I247.82

中国版本图书馆 CIP 数据核字（2017）第 040642 号

出 版 发 行	江西高校出版社	
社　　　址	江西省南昌市洪都北大道 96 号	
总编室电话	（0791）88504319	
销 售 电 话	（0791）88592590	
网　　　址	www.juacp.com	
印　　　刷	永清县晔盛亚胶印有限公司	
经　　　销	全国新华书店	
开　　　本	700mm×1000mm 1/16	
印　　　张	14	
字　　　数	160 千字	
版　　　次	2017 年 3 月第 1 版	
	2021 年 1 月第 2 次印刷	
书　　　号	ISBN 978-7-5493-5154-1	
定　　　价	45.00 元	

赣版权登字 -07-2017-161

目录

第二辑　敲错门的玫瑰 / 67

第一辑　舌尖上的刺刀

　　导读：社会是人生的舞台，人们天天在这些舞台上上演不同版本的故事。笔者让小人物粉墨登场，把这人生的舞台装扮得五彩缤纷，精彩绝伦，故事或喜或悲，或酸或甜，或散或聚，琳琅满目的版本在这舞台上得到淋漓尽致的展示。笔者试图在小说中添加浓浓的情感元素，力求将它们酿成一杯杯陈年老酒，浓郁的醇香缭绕舌尖、唇际，让读者欲罢不能。

第三只眼

　　导读：匪夷所思的是，父亲给我配的所谓的眼镜，两个镜框里是空的，根本没有镜片！连接两镜框的梁上，却有一个圆溜溜的东西，一动它就骨碌碌地转，像球更像眼睛。

舌尖上的刺刀

我 15 岁，也就是读高一的那年，父亲的同学 A 来我家玩，父亲特别开心，把我拉到 A 的身边说，老同学，这是我的儿子天赐，认你做干爹，如何？

A 哈哈大笑，好！好！只要老同学不嫌弃……

我一听就不乐意了，冷着脸说，爸，叔，我还有事呢。说完甩开父亲的手，径直去了书房。

A 一走，父亲黑着脸走进书房，天赐，你知道 A 是什么人吗？人事局的局长！他肯认你做干儿子，那是求都求不来的好事，你……

我不耐烦地打断父亲，别说是局长，就算是更大的官，我也不稀罕！

你……你……我看你是少了一只眼看事情……

我不懂父亲的话是什么意思，懒得跟他争辩，闷着头一言不发。父亲说累了，也就闭嘴了。

事情过了一周左右，父亲说要带我去配一副眼镜，我说我眼睛不近视，不远视，也不散光，好得很，配什么眼镜！

父亲不管我愿不愿意，硬是扯着我去配眼镜。我怨父亲太霸道，可又斗不过他，只好由着他。心想，配吧配吧，反正我不会带的，到时看你怎么奈何得了我！匪夷所思的是，父亲给我配的所谓的眼镜，两个镜框里是空的，根本没有镜片！连接两镜框的梁上，却有一个圆溜溜的东西，一动它就骨碌碌地转，像球更像眼睛。

我死活不戴，理由是戴上眼镜就变成三只眼睛的怪物了。

父亲连忙说，不会的。戴上眼镜，别人不会笑话你，反而会更喜欢你。不信你试试。如果戴上眼镜遭到别人的讥笑，那时我不再强迫你戴，好吗？

　　父亲把话说到这个份上，我也不好再拂他的意。于是，我很不情愿地戴上了眼镜。果如父亲所言，我戴上眼镜之后，一向很不喜欢我的班主任、班长突然对我有了好感，直夸我近段时间思想境界有了突破性的飞跃，还一个劲地让同学们向我学习。还有邻居、亲戚都夸我聪明懂事，将来肯定有出息。

　　我尝到了戴上眼镜的甜头后，对眼镜的感情与日俱增，就算是睡觉，我也要搂着眼镜才会睡得踏实。

　　大约一个月之后，父亲的同学B来家里玩，B现在是C城有名的企业家，富甲一方。B一进家门，我特别兴奋，像个小女孩一样，拉着B的手，一口一个叔叔叫得特甜。

　　B摸着我的头，夸我懂事有礼貌，比他的女儿强多了。

　　真的吗？叔叔，我感觉跟你特别投缘，要不我认你做干爹如何？这话一出口，我自己也吃了一惊，以前我不是特反感认干爹，亲爹吗？今天怎么……

　　B走后，父亲一把抱住我，狠狠地亲了我一口，天赐，不，儿子，你终于会用第三只眼看待世界了！

　　我不懂，认一个干爹，父亲至于这么激动吗？还有，第三只眼睛，到底是怎么回事？我想问问父亲，终没有开口。

　　B成了我干爹后，我变得特别爱打电话，每天可以不吃饭，可是绝不能不跟干爹通电话，那股亲热劲父亲见了直皱眉头。有一次我刚跟干爹通完话，父亲虎着脸跟我说，天赐，你这臭小子，你的眼里除了干爹，还有我这个亲爹吗？

　　我嬉皮笑脸地说，爸，你要是不喜欢我这样，就把这副眼镜砸了吧！我一边说一边取下眼镜递给父亲。

舌尖上的刺刀

父亲愣了片刻，随即换上一副笑脸，小子，跟你开玩笑，你怎么当真呢。你跟干爹关系好，我求之不得。

三年后，我高考落榜。我哽咽着把这消息告诉干爹。干爹心疼得不行，连忙说，天赐，别难过，到干爹这里来玩，干爹带你散散心。

干爹一家热情地接待了我，干妈也特别喜欢我，把我视为亲生儿子。干爹时刻把我带在身边，逢人便夸我聪明，会用第三只眼分析事物，看待世界，是个可造之才。干爹教我如何做生意，如何经营公司，经常带我参加公司的大小会议。

五年后，我成了干爹的乘龙快婿，掌控着公司的命脉，每天前呼后拥，好不风光。

父亲56岁那年，生了一场大病。病愈后从老家来看我，盯着我看了好一会儿，突然对我说，天赐，这副眼镜确实有一点怪，特别是中间梁上的那个圆溜溜的东西，看着特扎眼。现在你已经用不着它了，以后就别戴了吧。

我吃惊地看着父亲，好半天才回过神来。笑着跟父亲说，爸，你是不是病糊涂了呀！这眼镜挺好的呀，我很喜欢。我要一直戴下去，以后我还要把这副眼镜传给我的儿子呢！

三颗桃核

导读：她看着手机上波动的声音线条，想象着男人期待的眼神，不敢接也不忍心掐断，最后电话成了未接

电话。她长长地叹口气，一屁股坐到沙发上，捏着未看完的纸条出神。

她刻意把自己打扮了一番，感觉无可挑剔时，才离开梳妆台。正准备出门，茶几上，一个粗糙的木盒子引起了她的注意。

盒子下面有一张纸条，上面写着，老婆，情人节快乐！

她拿起盒子，感觉似曾相识．急忙打开，里面的三颗桃核，把她的思维拽回到8年前。

那时，她正跟老公谈恋爱，她是村姑，而他是大学生，在县城当老师。桃花盛开的季节里，他要去脱产函授学习。她把他送到屋前自家的那棵桃树下，仰起桃花般的粉脸问他，什么时候回？他抬头看看桃花，又看看她，笑着说，桃子熟了的时候。她天天给桃树浇水，给桃树施肥，巴不得桃子一夜间成熟。桃子终于熟了，可是他没回。她病了，原本不细的腰成了杨柳腰。一天，她正发着高烧，躺在床上睡觉，他来了。他刚走近床前，她突然睁开眼睛，一骨碌爬起来，笑着对他说，刚才我梦见你了。说完从枕头下，拿出一个布包，含羞递给他。他一层层剥开，里面躺着三个桃子。

恰好这时，她的小妹跑了进来，看见桃子时，高声说道，姐，难怪我一直没看见你吃桃子，原来留着给姐夫吃呀！

那年代，山村比较穷，吃饭都成问题，桃子便成了稀罕物。桃子熟了时，她的母亲总把桃子分成若干分，挨家挨户送到村民的手里，请大家尝尝鲜。余下的桃子，他们姐弟6人再平分。这次他们每人分得三个桃子。

舌尖上的刺刀

他望着三个尚有她余温的桃子，嘴巴动了又动，却没有说出一个字。桃子许是放得太久了，好几处开始腐烂。她原本毫无血色的脸，突然像被胭脂染过，伸手拿过布包，轻声说，不能吃了，扔了吧。他按住她的手，拿过桃子，用刀子削掉几处坏的，笑着说，这不是好好的吗？然后有滋有味地吃起来。

我也想吃。她一边说一边拿过桃子，张口就咬。他一把夺了过去，责备道，你生病了，怎么可以吃呢！

她红了眼，你一个人吃三个烂桃子，要是病了，怎么办？

他一个人硬是把三个烂桃子吃了。吃完后，他舔舔嘴唇说，这是我吃过的世界上最好吃的桃子。他没舍得丢掉三颗桃核，用布包了起来。她不解，问他，包起来干吗？

珍藏起来。

事后，他动手自己做了一个木盒子，说是给三颗桃核一个温暖的家，还给盒子取了一个温馨的名，相思家园。

结婚后，她跟着表姐外出打工赚了钱，买了新房。搬家时，她嫌木盒子难看，顺手丢了。没想到，他竟然瞒着她收藏至今。

收回记忆的长线，她才发现桃核的下面还有一张纸条。老婆，关于这三颗桃核，后面还有一个故事。我本不想告诉你，如果这次不说，也许以后没机会告诉你了。当年，我函授学习时，跟同班的一个女同学一见钟情。那次去你家，我本来是要跟你说分手的。可当我接过三个桃子时，几次话到嘴边，硬是说不出口。事后，我跟那女同学说三个桃子的故事，她听后哭了，我也哭了。

我舍不下她，可是我更不能辜负你呀！

恰在此时，她的电话响了，是男人的。

男人是她公司的经理。这次她回家，准备跟老公离婚就是为了他。眼看情人节到了，念在多年夫妻的情分，想陪老公过最后一个情人节。她万没想到，情人节，老公送她的礼物，竟是她多年前丢失的木盒。她看着三颗桃核，似乎看见一个女孩，每天拿着化肥，提着水来回往桃树下跑，她的眼睛模糊了。

她看着手机上波动的声音线条，想象着男人期待的眼神，不敢接也不忍心掐断，最后电话成了未接电话。她长长地叹口气，一屁股坐到沙发上，捏着未看完的纸条出神。

她很想把纸条丢开，拨回那个未接电话，可她又很想知道那张纸条后面的内容。毕竟纸条上有她的故事。犹豫良久，她深吸一口气，终于展开纸条继续看。她惊得眼珠子差一点蹦了出来，下面竟然是离婚协议书！老婆，我能想象出，你看到离婚协议书时吃惊的模样。告诉你吧，自从你丢了木盒子的那一刻起，我就知道会有今天。只是我一直没说，我不想为难你，只想你好好的……

她拿纸条的手开始抖动，纸条上的字便不安分地上下飞舞……

这时，电话又响了，还是男人的。她犹豫了片刻，按下了接听键，亲爱的，不！经理，我……我……

你怎么了？

她深吸一口气，我没事。经理，我给您讲个故事吧！……

她讲的也是三颗桃核的故事，讲得泪流满面。

回家的路

导读：鱼跟熊掌不可兼得，选鱼就得舍熊掌，选熊掌就得舍鱼，你喜欢鱼多一点还是喜欢熊掌多一点？

她从家里逃了出来，她想，不能再这样生活下去了，必须快刀斩乱麻，尽快做出决策。

她狠狠心关掉手机，她需要时间、空间，理顺那如麻的思绪。

她凝视着远方，把问题抛向黑夜，一边是相处多年、对自己关爱有加的老公，一边是深深爱恋，风流倜傥的情人，她该何去何从？

黑夜很睿智，没有正面回答，反问了她一句，你感情的天平向谁倾斜？

她幽幽地叹口气，老公忠厚老实，对自己呵护有加，虽说事业上没有什么建树，却是难得的好男人；情人英俊潇洒，对自己情有独钟，更难得的是事业风生水起，跟他在一起身心无比愉悦。情感的天平总是在他俩之间摇摆。

鱼跟熊掌不可兼得，选鱼就得舍熊掌，选熊掌就得舍鱼，你喜欢鱼多一点还是喜欢熊掌多一点？

她又是一声长叹，鱼跟熊掌我都不愿舍弃，我……

心一旦滋生贪念，结果极有可能两手空空。

道理我懂，可是……可是……

正当她跟黑夜辩得昏天黑地之际，耳边突然传来孩子的哭声。她很惊讶，这漆黑的夜怎么会有孩子在哭？她忙侧耳细听，不错，确确实实是孩子在哭泣，里面还夹杂着一个男人无助的哄劝声。

她急忙循着声音寻找，不远处一大一小两个黑点一分一合在搞拉锯战，清楚地听见孩子哭喊着，我不要回家，我不要回家……

她快步上前，急忙帮着哄劝孩子，乖孩子，别哭别哭，有什么事情跟爸爸说，爸爸会帮助你的。

孩子哭得更凶了，阿姨，我不要回家，我要找妈妈，我好久没看见妈妈了！

好孩子，别哭了，妈妈这会也许正在忙呢，一会就会回来的。

孩子突然停止哭泣，小手指着她的鼻子，尖声叫道，阿姨骗人！妈妈不会回来的，妈妈再也不会回来了！说完双手揉着眼睛，号啕大哭起来。

她不知是怎么回事，把询问的目光投向旁边站着的男人。

男人一脸的歉意，讪笑着请她别介意孩子的不懂事。

她宽容地笑笑，试探着问男人到底是怎么回事。

她的话似乎触到了男人的伤疤，男人痛苦地闭上眼睛，眼角处有亮亮的东西在黑夜里闪着寒光。

她慌得一个劲地道歉。

男人苦涩地笑笑，摇摇头说没事。平静了一会儿告诉她，以前他有一个很幸福的家，妻子温柔漂亮，孩子乖巧懂事。没想到，一次同学聚会改变了家庭的命运。妻聚会回来之后全变了，不是说他没出息，就是嫌他不浪漫，说生活像一潭死水，她都要憋疯了，动不动大发雷霆。他委曲求全，没想到妻得寸进尺，有一天竟然在外有了情人，不顾一切地跟他离婚……男人哽咽着说不下去。

她心里咯噔了一下，天啦，那个女人怎么……怎么……

你在沉思什么呢？沉默了很久的黑夜突然又开了腔。

刚才……刚才……我看见……

怎么可能？这里除了你根本没有别人呀！可能是你出现幻觉了吧？

不可能，我确确实实看见一个男人跟一个孩子……

黑夜打断了她的话，刚才的一切是不是真的并不重要，重要的是你将做出怎样的决策！

她仍沉浸在刚才似真似幻的一幕之中，紧锁着眉头半晌不出声。

黑夜见她沉默不语，自言自语道，人呀总是有太多的贪念，为了达到目的不惜伤害无辜的亲人。其实生活，平平淡淡才是真啊。

她紧锁的眉头突然舒展开来，眼中的忧郁一扫而光。急忙打开手机，天呀，几十条信息，全是系统提示来电的。

她急忙拨通老公的电话，焦急地问道，老公，儿子有没有哭闹？

刚才睡醒了，不见你，哭着吵着要妈妈呢！

哦，告诉儿子，妈妈正急着往家赶呢！

艳　遇

导读：她的头摇得很坚决，我的心变得沉甸甸的，没戏了！可眼睁睁地放弃这么一位人间美艳，我真的很不甘心，我得垂死挣扎。

我走进酒吧，习惯性地扫视每一个角落。目光落到一位脸色阴沉的单身女人身上时，我的心狂喜不已。

一个单身女人，外加脸色阴沉，大凡大脑正常的人会想到，阴沉脸色的背后肯定藏着故事！而我正是冲着有故事的女人而来，我能不心花怒放吗？

我按捺住一颗欢蹦乱跳的心，满面春风地朝着这个单身女人走去。

我绅士般彬彬有礼，您好！请问，我可以坐在您的对面吗？然后含笑以待。

她闻言慌忙抬头，用审视的目光盯了我好几秒，轻声说，你随意吧！

我心里又一喜，从她刚才微妙的表情来看，她对我的第一印象应该不错。今晚……嘿嘿。

她重低下头，伸出纤纤玉手，心事重重地旋转着桌上的酒杯。

我不敢贸然开口，怕过分的热情引起她的反感。只是用眼角的余光，悄悄地欣赏她。

对面的她看上去二十八九岁的样子，双眸之中荡漾着淡淡的忧伤，弯弯的柳眉，长长的睫毛微微地颤动着，白皙无瑕的皮肤透出淡淡红粉，薄薄的双唇如玫瑰花瓣

舌尖上的刺刀

娇嫩欲滴，举手投足间折射着优雅和瓷质的修养，看得出应该是个受过高等教育的人。

我便在心里胡乱猜测，是谁惹恼了这么漂亮的女人？老公还是其他人？我在心里反复地推敲，觉得老公的可能性大一点。有可能是老公在后面有了新欢，女人很落寞；也有可能是女人嫌弃老公，很无助。如果真是这样，那么接下来的事情……我为自己的想法兴奋不已，决定先投石问路，摸清她的心思，然后投其所好，俘虏她的芳心。

我说，您，心情不好？

她脸一红，随即点点头。

那红晕让原本就很漂亮的她更添妩媚，我不由心驰神往。

我控制住蠢蠢欲动的心，继续着，老公惹你不开心吗？

这次她反应很快，马上摇头否认。

她的头摇得很坚决，我的心变得沉甸甸的，没戏了！可眼睁睁地放弃这么一位人间美艳，我真的很不甘心，我得垂死挣扎。

可怎么做才能不让她心烦，又能讨得她的欢心？我思忖了好久，决定走一步险棋，劝她回家，如果她听从我的劝说，那我只好死心了。可如果她拒绝回家，那么接下来就有戏了。我会使出浑身解数，逗她开心，然后想一个巧妙的法子，邀请她去跳舞，到那时……

我按住怦怦乱跳的心，微笑着举起了酒杯，用平静的口吻说，来，我敬你一杯，希望您能开心！说完一仰脖子先干为敬。之后我又好意提醒她，时候不早了，回家去吧，免得家人担忧！

不料，她的头摇得很坚决，不！我不想回家！

我的心激动的厉害，端着酒杯的手失控地抖动着，话就像一条小溪，从舌头上欢快地流出。我说，其实人活在世上，谁没有不顺心的事情？遇事想开一点。别人惹你生气，你就真生气，那不是中了人家的计吗？你呢，偏偏很开心，气死他……

她听得很认真，双眼中的忧郁开始一点点消退，取而代之的是感激。特别当我说到"气死他"三个字，她扑哧一声笑了，天呀，她笑起来真好看！深深的两个酒窝，里面似乎盛满了美酒，随着她的笑，一漾一漾地，那浓郁的香气直往我的鼻孔里钻，我真的有些醉了。

不料，事情突然来了个三百六十度的大转弯，她突然站起来，我该回家了。

我讷讷地说，刚才…你…不是说，不想回家，怎么……

她笑靥如花，刚才跟现在不一样呀，刚才心情不好，现在很开心呀！

我一脸的迷茫，怔怔地望着她。

她有点不好意思，笑着说，自从结婚之后，我就给自己定下一个不成文的规定，每天回家的时候，必须把乱糟糟的心情去掉，把甜甜的笑脸带回家，送给老公和婆婆一个好心情。今天突然莫名地烦躁，为了调整心态，我才……

她一口气说出了事情的原委，然后微笑着很真诚地说，大哥，你真是好人，谢谢您！

我怔怔地坐那，痴痴地望着她，傻了！

她像只美丽的蝴蝶，张开翅膀，飞出了酒吧。

恰在此时，我的电话响了，老婆在电话那头怯怯地

舌尖上的刺刀

问，今晚回家吃饭吗？

我的心里突然荡起久违的柔情，嗯，我正在回家的路上。

停电一小时

导读：我的心一刻也安静不下来，咚咚地跳个不停。我很想看他却不敢，只是正襟危坐，端着茶盯着电视目不斜视，至于电视里播放着什么，我全然不知。他也不说话。空气里一种说不清道不明的东西在流淌，是什么呢？

人许多时候会产生一些莫名其妙的想法。

譬如说昨天晚上吧，我去好朋友丽的家里玩。当时丽不在家，只有丽的老公坐在客厅看电视。我本应该马上告辞，可当丽的老公微笑着挽留我坐一会儿时，我竟然莫名其妙地留了下来。

丽的老公很热情，忙着沏茶洗水果。

我不由得悄悄地上下打量着他，他穿一身得体的咖啡色休闲服，挺拔的身子如玉树在客厅来回地飘忽，高高的鼻梁上架着一副眼镜，很绅士也很儒雅。好一个帅气的男人！

丽的老公把沏好的茶端给我，又忙着削水果。

当他把水果递给我时，我的心莫名地颤抖了一下，一股奇妙的感觉在心底蔓延。我脸一红，暗自责备自己胡思乱想。他是好朋友的老公呢，快点走吧，免得节外生枝。

　　我抿了一口茶调整情绪，急忙起身告辞。

　　再坐一会儿吧，也许丽马上就会回来。

　　我本想说不啦，可是抬眼跟丽的老公眼神一碰撞，平静的心犹如湖面掉进一颗石头，溅起层层浪花，刚刚垒起的决心瞬间土崩瓦解，欠起的身子重又落在沙发上。

　　我的心一刻也安静不下来，咚咚地跳个不停。我很想看他却不敢，只是正襟危坐，端着茶盯着电视目不斜视，至于电视里播放着什么，我全然不知。他也不说话。空气里一种说不清道不明的东西在流淌，是什么呢？我又说不上来。我只是感觉到这东西让我窒息，让我眩晕。我必须尽快逃离，要不就会葬身于此地。

　　可此刻的我，犹如飞蛾一般，完全丧失了意志。我对着自己狂吼，你必须走，马上走！可身子犹如木板上的钉子，拔不出来。

　　我急了，大骂自己不是人，他是好朋友的老公，你赖在这里干吗！我的心被骂声所震慑，身子从沙发里一步一步地拔了出来。

　　恰在此时，眼前突然一片漆黑，停电了！

　　你先坐着，别动！我找根蜡烛。黑暗中传来他充满磁性温和的声音。

　　"啊"突然我的身子像触电一般，从沙发上弹起。

　　不好意思，不好意思。刚才…刚才稍不留意碰到你，我……他一迭声地道歉。

　　哦，没事。别找了，一会就会来电的。

　　黑暗中静得能听见两个人的心跳声，那些莫名其妙的东西趁机又冒了出来，肆无忌惮地在我的身体里横冲直撞，让我喘不过气来。我想我必须打破沉默驱赶那些

舌尖上的刺刀

捣蛋的东西，我便没话找话，你在想什么？

他幽幽地长叹一口气，你真像她！

像谁？

我的初恋恋人。我第一次看见你，心就扑通一下，天啦，你那眉毛，那嘴唇，还有身段简直就是一个模子刻出来的……

哦，我若有所思。

他又是一声长叹，我真的很爱她，可是……可是，他难过得说不下去。

在他断断续续的叙述中，我得知他初恋恋人的父母嫌贫爱富，挥动利刃斩断他们的情丝，可他至今仍无法忘怀她。

我以前只觉得他英俊儒雅，是个让女人一见倾心的男人，没想到他竟然这么有情有义，谁碰上是谁的福气。

我竟然神差鬼使伸出纤纤玉手有意无意地靠近那双宽大温暖的手，心蹦跳得厉害。好朋友的老公呢，我忙给自己敲警钟。伸出的手像被蜜蜂蜇了一下，急忙缩了回来。

银色的月光透过窗户洒进房间，隐约可见他把头埋在两手间，我的心隐隐作痛。手又不由自主伸出，慢慢地靠近那双宽大的手，刚想触摸，他突然抬起头，我吓了一跳，忙又把手缩回。

他侧转身突然抓住我的手，呼吸很急促，我初次见你，差一点就误以为你就是她，当时心跳急速加剧。肯定是老天被我的痴情所感动，把你送到我的跟前……一股电流在我的身上流淌，我全身燥热，娇喘吁吁。你知道吗？每次看见你，我都会想起她，我真的太爱她……

他说这些话时，喉咙硬硬的。

随笔随语

　　我觉得自己变成了她，情不自禁地靠近他，想用柔情去温暖那颗受伤的心。

　　他把我揽入怀中，深吸一口气，你知道吗？我至今仍清楚地记得她的生日，每年的那天我都会通过花店给她送上一束勿忘我……

　　我猛然想起，前天在一本杂志上看过一篇这样的小说，一个留学生跟恋人分手后，每年恋人生日的那天总会从国外快递一束勿忘我……我不觉哑然失笑，自己竟然生活在虚构的小说里！我毫不犹豫地从他的怀抱中挣脱出来。恰在此时，眼前一片光明，来电了！

　　我的心犹如湛蓝的天空一片宁静，微笑着站起来告辞。此时，门自动开了，门口站着笑容可掬的丽。

　　望着丽纤尘不染的微笑，我真想给自己一巴掌。

舌尖上的刺刀

　　导读：案情陷入迷茫之中。经过再三分析，大家一致认为目前只有一种可能，他有深厚的气功，通过运气把刀逼入女朋友的体内。

　　女朋友被杀伤，他成了重点嫌疑人。

　　警局里，他暴跳如雷，大骂警察是饭桶，无凭无据乱抓人！扬言出来之后，要把警官告上法庭，让他们吃不了兜着走。

　　接管这案件的是位好脾气的警官，轻言细语劝他配合，只有把事情弄清楚，才能帮他洗清冤情。

舌尖上的刺刀

他好不容易才控制住情绪，跟警官细说事情的经过。

昨天他本来跟女朋友约好下班去 K 歌。临时有同学远道来访，他不得不忍痛取消约会。下班之后，他设宴为同学接风洗尘，途经城南公园时，不经意往里瞧，刚好看见一位高大帅气的男孩正亲热地拉着女朋友的手。他不由得怒火中烧，冲了过去，抢起拳头，狠狠揍了男孩一顿。然后带上同学，扬长而去。

"事情的经过就是这样。昨晚我一直跟同学在一起，他可以给我作证。"

警官沉吟了一会，问道："当时你有没有对你的女朋友做过或者说过什么？"

"我骂她水性杨花，让她以后给老子滚远一点。"

"哦。"

这时医院那边打来电话，说他女朋友的心脏上被刺数刀，奇怪的是并没有伤口，也没发现血迹，更没有留下指纹。

案情陷入迷茫之中。经过再三分析，大家一致认为目前只有一种可能，他有深厚的气功，通过运气把刀逼入女朋友的体内。

为了验证推测正确与否，警官趁他不备，对着他的肚子一脚踢了过去。如果他真有深厚的内功，就会本能地运气护住肚子，不让肚子受一丝的伤害。可结果呢？他捂住肚子，痛得头上冷汗真冒。没有证据证明他就是杀伤女朋友的凶犯，24 小时内警察不得不释放他。

谁也没想到，他出去两个小时左右，警察接到他哥哥的报案电话，说他行凶伤了母亲。他哥说，母亲被伤之际，看见他慌慌张张从家里走出。他再次被请进了警局。

他咆哮如狮子，大骂警官糊涂，用大脑想想就知道，他好不容易回家，怎么可能再去伤害母亲呢。

警官费尽口舌，他才压住怒火，说出回家的经过。

他刚走进家门，母亲一把鼻涕一把眼泪数落他，说他的女朋友多好的姑娘，怎么可能水性杨花呢。骂他没良心，怎么忍心伤害她。他心里的怨气正没处发，母亲的话无疑惹恼了他，他大骂母亲老不死的，枉活这么大把年纪，不如早死，免得丢人现眼。

医院那边传来消息，他的母亲也是心脏上被刺数刀，情况跟他女朋友完全一样。由此可以推断，作案出自一人。

种种迹象显示，两起凶伤案，他是重点嫌疑对象。可没有证据，24 小时之内又不得不把他释放。

案情陷入了山穷水尽，没想到法医的一句话，又柳暗花明，顿时出现了转机。

法医说："如果从他的舌尖上提取一些唾沫，我至少有九分的把握，证明两起杀伤案的凶手就是他。"

他听后，暴跳着不配合。几个警官联手，强行从他舌尖上取得少量唾沫。

法医把那些唾沫放到放大镜下面，唾沫里竟然有无数的刺刀上下飞舞。法医说他就是利用这些刺刀伤人的。

大家一头雾水，怔怔地望着法医。

法医解释说："他发怒的时候，舌头上会分泌一种唾沫，唾沫里有无数的刺刀，他巧妙地借助这些刺刀，把对方杀伤。"

"一片胡言！如果我有那本事，我早把你们这些狗屁警官杀死了。"

"你听我把话说完。如果对方不是爱你的人，他们

舌尖上的刺刀

的身体四周自发产生一个磁场，像盾牌般坚硬，那些刺刀无法穿越。可如果对方是爱你的人，情形大大改观，爱会让身体处于毫无防备之中，根本来不及产生保护自己的磁场，刺刀轻而易举穿越身体，刺伤心脏。"

"欲加之罪，何患无辞？我……我要控告你们诬蔑！"

"你别激动！可以当场验证，让你心服口服！"

"怎么验证？"

"你肯定爱你自己吧！现在你把自己想成可恨之人，然后用恶毒的语言咒骂，事情就会真相大白了。"

他依照法医所说，把自己想象成背叛爱情的女朋友，不由得怒火中烧，身不由己用恶言相伤。他骂了几句，突感心脏阵阵绞痛。他心下一惊，立刻住嘴。

可他还是不服，反问道："女朋友已移情别恋，她怎么可能还爱我呢？"

"事情已经调查清楚，你女朋友是冤枉的。她把项链弄丢了，那男孩拾金不昧。返还项链那一幕刚好被你碰见。"

他立刻像霜打的茄子，耷拉着脑袋，木雕一般站在那。

大家都不言语，空气着氤氲着压抑的气流，让人喘不过气来。

他突然抬起头，泪在眼眶打着转，哽咽道："我母亲跟女朋友还有救吗？"

"有！不过解铃还须系铃人。如果你对她们心里充满爱，你的舌尖上就会分泌蜜汁一样的唾沫，对刺伤有神奇的疗效。她们……"

他突然跪了下来，朝警官磕了几个响头，站起来朝着医院飞奔而去。

鸟　屎

导读：两个年轻人，走近他，也不言语，架起他的胳膊，提到中年男人的身边，一个稍高一点的说，村主任，您看怎么处置吧。是废他的胳膊还是废他的腿呢？

他最近倒霉透了，手开始无缘无故钻心地痛，手还没痊愈，脚又骨折了。脚刚能下地走路，肚子又赶来凑热闹，疼痛难忍。接二连三的霉事，弄得他心力交瘁。

他的好朋友知道后，连夜赶过来告诉他，本地有一种说法，只要踩到鸟屎，便会时来运转。他却认为是无稽之谈，付之一笑。朋友临走时，力劝他不妨试试，反正又不损失什么。

他思量再三，觉得朋友的话不无道理，决定试试。第二天，他早早起床，出门寻找鸟屎。可找遍城市的每一个角落，别说鸟屎，连鸟的影子都没见着，真是奇了怪了！他记得很清楚，小时候，母亲刚把洗好的衣服刚晾上去，突然"啪"的一声，一大坨鸟屎从天而降，落在衣服上。母亲很生气，对着惹祸的鸟儿们大骂，该死的东西，滚远一点。更有甚者，有时在院子里吃饭，吃着吃着，突然眼前一晃，定睛一看，一大坨鸟屎撒在饭上，恶心得直想呕吐。不过他转念一想，那是乡下，城里怎么可能跟乡下一样呢。还是回老家一趟，老家找鸟屎那是坛子里捉乌龟——手到擒来。

屈指算来，自从父母双亡后，他将近有二十年没回

舌尖上的刺刀

老家了。走进山村，他感慨不已。昔日的山村已非昨天的模样，村前的小溪铺成了水泥路，钢筋水泥取代了茅草房，好多田地一片荒芜。

他的堂叔，听说他寻找鸟屎，长长地叹口气，贤侄呀，别提了，早在几年前，就见不到鸟屎了。

怎么回事？

唉！作孽呀，真是作孽！

他看着唉声叹气的叔叔，不再言语。告别叔伯、婶婶们，他又启程了。

此时，他开始有一点相信踩到鸟屎就能时来运转的说法了。就这么空着手回家吗？不！一定得设法找到鸟屎才行。

他想了很久，决定到更偏远的山村去寻找。七天七夜之后，他辗转来到了黑龙江的一个小山村，村民们热情地接待了他。当听说他为寻找鸟屎而来时，村民的脸色骤变，眼露惊恐之色，像避瘟疫一般四处逃窜。他还没弄明白怎么回事，突然，两个高大威猛的年轻人冲到他面前，不由分手，扭住他的胳膊，把他扔进一间黑房子里，然后"咣当"一声把门锁上。

这一切来得太突然了。半晌，他从地上爬起来，揉揉眼睛，摸摸疼痛的胳膊，丈二和尚摸不着头脑。这到底是怎么回事？难道是自己做错了什么，惹恼了这帮村民。他思来想去，觉得自己并没有做过什么出格的事情。是不是自己犯了村里的什么忌讳？

他正想得头痛，门"吱哎"一声开了，走进来三个男人，带头的是一个中年男人，看派头应该是个官，后面跟着抓他的两个年轻人。

两个年轻人，走近他，也不言语，架起他的胳膊，提到中年男人的身边，一个稍高一点的说，村主任，您看怎么处置吧。是废他的胳膊还是废他的腿呢？

中年男人挥挥手，示意两个年轻人放开他。盯着他看了片刻，叹了一口气，长得人模狗样的，干吗尽干些坏事呢。

他急忙说，村主任，我没干坏事呀。

你说你打听鸟屎，不是想干坏事，是什么！

村主任，我只……只是想找一些鸟屎，我真没想过要干坏事。

别把我们山里人当傻子！你名义上寻找鸟屎，实际是寻找鸟的下落，这几年，这里的鸟快要绝种了，都是你们这些人干的好事！对于这样……

村主任，不是你想的那样。你听我说……于是他一口气把事情的前因后果和盘托出。

真的？

你要是不相信，我发毒誓！他马上举起右手，苍天在上，若是……

算了，算了，我相信你。

村主任告诉他，这几年鸟越来越少，鸟屎也成了罕见之物。幸喜村里有一位八十高龄的老人收藏鸟屎，老人说他想给后人留下一份宝贵的财富。

村主任带他去见老人，老人听说来意之后，二话没说，从箱子里捧出一个瓷碗，里面装着小半碗干鸟屎，颤颤悠悠从碗里抓出几粒鸟屎放到地上，说，踩吧，希望你从此好运。

他大喜，急忙抬腿对准鸟屎踩去。当腿快接近鸟屎时，突然一个急转弯，脚落到鸟屎的右侧。他蹲下身子，双手捧起那几粒鸟屎，像捧着一件稀世珍宝。

叹 息

导读：风有时工作很忙，几天抽不出时间陪伴她，难熬相思之苦的她，总是让信息带着一颗痴心飞向他。可有一次老天却跟她开了一个不小的玩笑，那夹带痴心的信息刚好落到风老婆的手上。

"唉"小玉凝视着电脑，一脸的憔悴。

同事吃惊道："你在叹息？"

小玉有点慌乱地抬起头，睁着一双无神的大眼反问："是我在叹息吗？"

同事很惊讶，疑惑地看看她，叹息声明明从她嘴里发出来的，这不是明知故问吗？

她便大度地笑笑："哦，那肯定是我听错了。"

她不再言语，继续沉浸在那首《你是风筝我是线》的歌声之中。伴着歌的旋律，她的思绪不由自主倒回到一年前。

网络上，一次偶然的机会她遇见了风。那时候，风很郁闷，心爱之人背叛了他，而他却信守承诺，仍然一往情深。他的一声叹息，一句"这一辈子都无法忘记她"狠狠撞击着她的心，撞开了她尘封已久的心门。她很兴奋，认定风就是那个梦里寻觅千百回的那个人。

从此她把全部心思扑到风的身上，关注着他的一举一动，一言一行，陪他聊天，为他驱散忧愁；给他唱歌，为他送去欢笑。慢慢地，风脸上的阴霾云淡风轻，风趣、阳光又回到了他的身上。

第一辑　舌尖上的刺刀

两人都是有家有室，明知无缘相守终生，却固执地相约在网络上，两颗心永远不离不弃,直到地老天荒,《你是风筝我是线》便成了他们情定终身之歌。

那时候，他们每次相聚，总是不厌其烦地反复听着这首歌。每次听着听着，她的心会莫名地疼痛，叹息声不由自主从嘴里悄悄溜出。

同事每每看到兴奋无比的她突然叹息，都会惊诧莫名地抬起头，用不解的眼神看着她，关心地问道："你怎么了？干吗要叹息？"

"我叹息了吗？"她总是一脸纯真的反问。同事笑着摇摇头，低头忙自己的事情去了。

慢慢地，用情至深的她忘记了自己的身份，忘记了两个相守网络的承诺，奢望风能真实地走进她的生活，时时守护在她的身边，呵护她一辈子。

每当她在风的面前流露出这种情感时,他也很难过,叹息道，只恨相逢已娶时。

感性的她就会悲天长叹，谴问老天太无情，干吗不让有情人终成眷属！

风有时工作很忙，几天抽不出时间陪伴她，难熬相思之苦的她，总是让信息带着一颗痴心飞向他。可有一次老天却跟她开了一个不小的玩笑，那夹带痴心的信息刚好落到风老婆的手上，风老婆醋意大发，把一颗痴心摔得支离破碎，她疼痛难忍，委屈得泪水涟涟。

她本以为风会用温情为她那颗疼痛的痴心疗伤，没想到他跟她见面，一个劲地埋怨她做事不考虑后果，弄得他家里乌烟瘴气。他还生气地质问她是不是不安好心，故意这样做的。

她吃惊地看着怒气冲天的风，不敢相信那些话出自

舌尖上的刺刀

他的嘴，委屈得泪水涟涟，嚅动着嘴怯怯地说："我没有恶意，只是太想念你身不由己……"

风根本听不进她的解释，怒气冲冲，丢下流泪不止的她，头也不回地绝情而去。

从此，风好像在网络上蒸发了一般，痴情的她天天守着电脑，天天眼睛一眨也不眨地注视着风那灰色的头像，希望那灰色的头像变红变绿，变成一双含情的眼睛。

一天，二天，三天……日子一天天在她面前走过，可风的头像却一直阴沉沉的，再也没有为她闪亮。

风筝已经断线，不知飘向了何方，"唉"叹息声稍不留意又从她的嘴角溜出。

同事担忧地看着她，关切地问："小玉，是不是有什么心事？"

"没有呀，我不是好好的吗？"小玉强颜欢笑。

"那刚才你……"同事把最后的话硬生生地咽了下去。

"刚才我怎么了？到底怎么了？你快告诉我。"小玉焦急地追问。

"小玉，你是不是病了？去看看医生吧！"

"你说我病了？"停顿了一会儿她又幽幽地说："我可能真的病了，得看看医生去，得看看医生去。"她不停地自言自语。

"唉……"

叹息声，这回小玉听得很清楚，看看忙碌而又愉快的同事，难道……小玉慌忙用手捂紧嘴巴。

花瓜的迷茫

导读：女人双眼里漾着笑，拍拍手站起来，眼睛像雷达般扫过瓜田。紧接着，老二、老三、老四……陆续被主人放进了箩里。看着主人反常的举止，我百思不得其解。

我是西瓜，因全身长满了花纹，主人两口子亲昵地叫我花瓜。

我不但全身纹满了花纹，而且个头特别大，是瓜地里的王，主人对我厚爱有加。看中我的买家很多，可是主人总是一个劲地摇头，不卖呢，留着孝敬母亲。

一天，我正眯着双眼，悠闲地躺在太阳底下，尽情地享受太阳浴。耳边突然传来嬉笑声，我忙睁眼，主人正笑眯眯带着一男一女朝着瓜地走来。那个男的白白胖胖，长得甚是英俊。那个女穿得非常时髦，脖子上挂着的那个东西，在阳光下黄澄澄，金灿灿，发出耀眼的光；耳朵上吊着的那个圆圆的东西，随着她的脚步，一摇一晃，发出清脆的叮当声，很是悦耳。

我暗自惊叹好一对金童玉女！突然那个女人两眼闪过一丝惊喜，朝我奔了过来。伸出她那白嫩嫩肉嘟嘟的手，温柔地抚摸我光滑油亮的身子。

"嫂子，这是花瓜，瓜地之王呢。"主人趋步朝前，炫耀道。

"哦。"女人对我爱不释手。

"嫂子喜欢呀，那就摘下来吧。"主人一脸的谄笑。

舌尖上的刺刀

主人以前不是说过要用我孝敬母亲的吗？怎么……我来不及思考，已被主人咔嚓一声摘下，随手放进了随带的箩里。

女人双眼里漾着笑，拍拍手站起来，眼睛像雷达般扫过瓜田。紧接着，老二、老三、老四……陆续被主人放进了箩里。看着主人反常的举止，我百思不得其解。

主人像一头负荷的老牛，吭哧吭哧把我和我的兄弟送到一台豪华气派的小车旁，那个男人打开车尾箱，对主人说："把这些西瓜放里面吧！"

车尾里塞得满满的，什么土养的鸡呀、鸭呀，土产的花生呀，黄豆呀等等，已经放不下任何东西。主人移移这个，又挪挪那个，直起腰对那个男人说："哥，没办法放了，你看……"

男人低头看了看，沉思片刻，快步走向女人，跟女人轻声嘀咕着什么。不一会儿，男人阴着脸回来了，对主人挥挥手："弟，把西瓜放在后排座位吧！"

主人看着男人，一脸的迷茫，好半天才红着脸讷讷地说："哥，你不是说带妈跟我进城吗？"

"弟，妈挤挤坐在后面，你呢，坐火车去吧。"

"这……"

女人满面春风走了过来，微笑着从背包里抽出几张老人头，放到主人的手上，"弟弟，你拿着，路上用。"

主人看看手里的老人头，又抬头看看女人，喉咙蠕动了好几下，半天憋出几个字："谢谢嫂子。"

我靠在舒适的海绵座椅上，望着任劳任怨的主人，心里的迷雾更浓了。

一路上我无心欣赏窗外的美景，一双眼好奇地在车上这些人身上睃来睃去。我发现，跟我一起坐在后排的老太太很少言语，对我和我的兄弟百般呵护，生怕有什么闪失。男人脸无表情，很少言语，双眼凝视着远方，专注地开着车。女人一张保养得很好的脸，始终漾着甜甜的微笑。我总觉得那笑里暗藏着一些什么东西，是什么呢，我又说不上来。看着表情各异的三个人，我百思不得其解。

当我被女人带进富丽堂皇的房子时，我竖起耳朵，睁大眼睛，不放过任何一个细节，希望能从中发现一些蛛丝马迹，解开我心底的谜团。

女人回家的第二天，家里突然来了好多客人，都是清一色的女人。女人像一只花蝴蝶般在她们之间飘来飘去，让座倒茶忙得不亦乐乎。

那些女人对我跟我的兄弟特别感兴趣，围着我们啧啧称赞。女人一脸的谄笑，"是呀，是呀，土生土长的，不掺任何杂质。一会儿带一些土产品回家尝尝。"回过头冲着男人笑骂道，"愣着干吗，快切西瓜呀。"

男人笑呵呵地慌忙把我的二弟抱起来去洗，老太太跑前跑后忙得慌。

从她们的聊天中，我知道了女人在一家公司就职，而那些女人都是有来头的人，要么本人是公司的领导，要么老公在公司担任要职。

那些女人正聊得开心，主人满面灰尘出现在门口，进门就冲着女人叫："嫂子，我来了。"

女人打着哈哈："哦，辛苦了。"

"不辛苦，不辛苦！"主人满脸堆笑，连声说道。当他发现哥哥抱着我那被洗得干干净净的二弟走向厨房时，慌忙上前去阻止说："吃这个小的干吗啊，那个花瓜的味道才好呢。"说罢，一把将我抱起来就走。

我望着主人那近乎讨好的笑脸，再看看男人跟老太

舌尖上的刺刀

太那忙碌的身影，我心里的迷茫不但没有消除，反而像一个雪球一样，越滚越大。

还没等我从迷茫中醒来，只听耳旁"咔嚓"一声，紧接着就是一阵剧烈的疼痛，我的身子被一分为二了……

耳　疾

导读：第二天，日上三竿，小蕾才悠悠醒来，她伸了一个懒腰，突然想起昨晚耳朵之事，用力揉揉，不痛也不嗡嗡作响了，听力恢复了？她一翻身爬起，急忙冲到阳台去验证。

小凤一脸的鄙夷，哼！还不是因为有一张漂亮的脸蛋吗？

小兰忙着附和，就是！靠一张漂亮的脸蛋往上爬，算什么本事？

小蕾闷着头坐在那一言不发。虽然小凤跟小兰没有指名道姓，可是小蕾心里明镜似的，她们此刻讨论的人，是本公司的经理李小琴。

李小琴确如她们所言，一张白里透红的脸和一对标准的丹凤眼，1.65 的身段，小蛮腰增一分则肥，减一分则瘦，随便往哪里一站，一道靓丽的风景即刻天成，引得过往行人驻足观望，不舍离去。可平心而论，小琴贵为经理，全是凭自己的真才实学，一步一个脚印走过来的。

小凤一脸的神秘，凑近小兰跟小蕾说，你们知道吗？小琴是总经理的情人呢。有一次，他们到宾馆开房间，正好被在宾馆做钟点工的公司员工陈某某碰上……

小兰因为兴奋脸涨得通红，急忙追问，真的吗？我也听说过这件事，当时以为有人故意编造的呢，没想到不是空穴来风呀！

两颗头越靠越近，两张嘴像两只青蛙，"呱呱"地叫个不停。

两张翕动的嘴在小蕾的眼前时而交错，时而重叠，让她应接不暇。突然她感觉耳朵里一片"嗡嗡"声，她们后面说些什么，她一个字也没听清楚。她不由得蹙紧眉头，脸色越来越凝重。

小蕾稳稳神，强颜欢笑起身告辞。

小凤跟小兰这时才注意到小蕾的神色不对，急忙问道，小蕾，不舒服？

小蕾努力地笑笑，没事，可能是昨晚太晚休息的原因吧。

回家的途中，小蕾的耳朵好像在煮粥一般，噻噻地响个不停。她也没当一回事，只想着尽快到家好好睡一觉。也许一觉醒来，一切正常如初。

第二天，日上三竿，小蕾才悠悠醒来，她伸了一个懒腰，突然想起昨晚耳朵之事，用力揉揉，不痛也不嗡嗡作响了，听力恢复了？她一翻身爬起，急忙冲到阳台去验证。

大街上熙熙攘攘，车来车去，好不热闹，可小蕾却感觉身边静悄悄的，一丁点的声音都没有。

这下小蕾慌了神，看来并不是没休息那么简单，是不是耳朵突患上什么疾病，导致听觉失灵？

小蕾不敢大意，急忙前去看医生。医生检查之后，定定地看着她，她的心就扑通一声，好像掉入了冰窟之

舌尖上的刺刀

中，完了，肯定是耳朵患了不治之症！她痛苦地闭上眼睛，两行清泪顺着脸颊往下流。

医生却笑着宽慰她，别担心，一切正常。之后又很随意地问了她一句，你是不是在噪音很大的单位工作？

小蕾慌忙摇头，不是。

哦，也许是暂时性耳聋！医生若有所思地说。

小凤、小兰知道小蕾耳聋之事，急忙赶往医院看望。见面二人就嚷道，小蕾，昨晚好好的，怎么突然就变成这样了？

医生看着小凤，又看看小兰，突然问道，昨晚你们在一起发生什么事情没有？

没有呀，两人异口同声道。

好好想想，比如说你们在一起聊了一些什么，或者当时有没有什么震耳欲聋的声音传来……

当时只有我们三个好朋友在一起聊天，只是聊一聊公司的事情而已。医生，小蕾的耳聋会跟我们的聊天有关？快嘴的小凤忙接口道。

医生沉思了一会儿，有可能。以后你们在她的面前不要再聊公司的事情了，让她静静吧，对她的耳朵恢复有好处。医生意味深长道。

小凤跟小兰不解地看着医生，小凤轻声嘟囔了一句，神经病，跟我们聊天能有什么牵连？

小蕾耳朵出了问题，只好休假。

小凤跟小兰时常相约来看她，她们两个碰在一起，小蕾的眼前就不停地晃动着两张翕动的嘴，她的心情竟然莫名地烦躁，很想告诉她们，她此时的心情，却又难以启齿。

为了躲开小凤、小兰的好意，小蕾决定回乡下休养。

小蕾的家乡地处偏僻的山村，经济落后，可青山绿水，环境优美，是休养的好场所。

小蕾一踏上家乡的那条山村小道，一股清新的空气扑面而来，她顿觉心旷神怡，情不自禁，张嘴贪婪地吸取。

几只小鸟从林中飞出，张开翅膀欢迎归来的小蕾，小嘴儿一张一翕叫得甚欢，鸟叫声，小蕾突然兴奋地停住脚，凝神倾听，没错，小鸟儿清脆的叫声似乎在跟她说着欢迎呢。

小蕾开心极了，朝着家乡飞奔而去。

小蕾回来了，小蕾回来了！快，快去告诉小蕾的爸妈。耳旁传来乡亲们满是喜悦的声音。

小蕾很是惊讶，她怎么也想不明白，耳疾怎么突然痊愈了？她的爸妈笑笑，孩子，你没听说过，小鸟的叫声能治百病吗？

扳不倒的组长

导读：她正准备敲经理的门，里面传出的声音挡住了那只往下落的手。她不由得侧耳细听，小芳正声泪俱下地诉说着组长的种种卑鄙行为，说到动情处，竟然呜呜地哭了起来。

小芹无缘无故又挨了组长的训，委屈得泪水在眼眶里直打转。

回到家后，她直奔卧室，"咚"的一声，把自己扔在床上，随手扯过被子，蒙住头失声痛哭起来。

舌尖上的刺刀

老公看着梨花带泪的她，心上像撒了一层胡椒粉，火辣辣地痛。柔情地拥过她，心疼地问，你怎么啦？

她好久才止住哭，仰起一张布满泪水的脸，哽咽着说，今天早上起床之后，胃很不舒服，脸色很难看。当我经过组长的身边时，她阴着脸叫住了我，小芹，你摆着一张臭脸给谁看呀，是不是我哪里得罪你了？看着她那张铁青的脸，我吓得直哆嗦，吞吞吐吐地说，组……组长，我……我……够了！小芹，不要狡辩了！我……我……她再也说不下去，刚刚止住的泪又在脸上哗哗地流。

你是不是以前得罪或者顶撞过她？

没有。凡是不讨好她，不给她送礼的同事，她总会千方百计地找茬。

一个小组长竟然这么猖狂，老子……老子今天非教训教训她不可。老公说完，腾地站起，拿起抽屉里的一把小捶，朝着门外冲去。

她忘记了抽泣，脸白得像一张纸，箭步上前，一把扯住老公的衣袖，脱口而出，你揍她不如揍我！

有那么恐怖？

有！组长仗着主任是她的姐夫，在组里横冲直撞，谁要是对她不恭敬，她非把你折磨得不像人样方才罢休。如果打了她，那她还不会把天翻过来呀！

她这么一说，老公的身子立在原地扎了根，揍她一顿解决不了根本问题，反而会害了老婆。他沉思了良久，对她说，水能载舟，亦能覆舟，可以想法扳倒她。

扳倒她？

对！

可是……可是……

随笔随语

老婆，你听我说，你先收集一些组长利用职权虐待下属的证据，直接上告到经理处，请求经理伸张正义。像她这种丧心病狂的人，经理肯定难以容忍，到时她就算有通天的本事，组长的位置也难保全。

她不由得心动，如果真能扳倒她，以后自己就可以过太平的日子了。她立即行动，搜集了许多组长变态对待下属的证据。在老公的鼓励下，于一个月黑风高的晚上前往经理处。

她正准备敲经理的门，里面传出的声音挡住了那只往下落的手。她不由得侧耳细听，小芳正声泪俱下地诉说着组长的种种卑鄙行为，说得动情处，竟然呜呜地哭了起来。

她生怕小芳知道自己也来找经理，急忙打道回府。她把事情告诉老公。老公听后，脸上像过节一般喜庆，笑着跟她说，老婆，快，快给你们组长打电话！

她一脸的迷茫，怔怔地看着老公。

老公说，你傻呀，如果你把这件事情告诉组长，她肯定对你感恩戴德，以后还会为难你吗？

可是……可是……

我知道你觉得这样做对不起同事，更对不起小芳。如果这次没有扳倒组长，而她又觉察到大家有叛逆之心，肯定会变本加厉，等待你的将是水深火热的日子。

她在老公的鼓动下，终于颤抖着双手拨通了组长的电话。

组长当然没有被扳倒，反而活得更神气了，对组里的人放出话来，经理很赏识她的，想扳倒她那是白日做梦，劝大家最好老实一点。不过，组长对她的态度一百八十度大转弯，常常表扬她工作踏实，为人厚道，

舌尖上的刺刀

号召大家向她学习。只是更疯狂地虐待其他的同事。

大家似乎从中嗅到了什么，用疑惑的眼神盯着她，开始慢慢地疏远她，连正眼都不瞧她。

她很愧疚，要是自己不告密，极有可能把组长扳倒。可是现在……良心时时在拷问着她，她夜不能寐，几乎要崩溃了。

她实在受不了了，于是决定救自己出苦海。目前救赎自己灵魂的唯一途径，就是想法把组长扳倒。

她拿着那些证据，义无反顾地走进了经理的家。

经理很气愤，当即表示，绝不姑息养奸，一定严肃查处，还大家一个公道。

她轻轻地吁了一口气，回家之后美美地睡了一觉。

可是一个月过去了，两个月过去了，组长仍然神采奕奕，凶狠不减以往。

优秀的丈母娘

导读： 我一听，乐坏了。这个宝贝女儿，眼光可不是一般的挑剔，高不成低不就，快 30 了，对象八字都没一撇。为她的婚事，我操碎了心。她有了男友，我喜得不知如何是好，从同事中突围出来，来不及解释，朝着家的方向飞奔。

公司又到了一年一度的优秀评选活动。

领导说现在是网络时代，公司也要与时俱进，进行网络投票评选。台下的员工成了一片欢呼的海洋。

我自然很兴奋。这次一定得全力以赴,捞个优秀尝尝。

于是,网络上,QQ好友里认识的、不认识的都成了我的亲人。只要看见他们的头像亮着,我屁颠屁颠地跑过去,不是递上热气腾腾的茶,就是送上娇艳欲滴的花,身子弯成90度的角,一脸媚笑,亲,请帮我投上宝贵的一票,谢谢啦。现实生活中,我用三寸不烂之舌,鼓动七大姑八大姨跟着时代跑步,让他们学会上网,连我的亲生父母都没有放过。

我的努力没有白费,票数是全公司最高的。我得意扬扬地跷起二郎腿,坐等戴上优秀的桂冠。

优秀的光荣榜在我的盼望之中,蒙着一块红头巾,似一位羞答答的新娘粉墨登场。我的心怦怦乱跳,热切的目光在光荣榜上来回扫视,寻找让我心跳加速的"曾泳琪"三个字。我的目光似一把锄头,把光荣榜翻转了好几遍,可"曾泳琪"三个字硬是没有翻出,那一刻呀,我的身子像风中的树叶,稍不留神就会与大地深情拥抱。

领导说,这次评优主要犒赏那些老员工,工龄在10年以上的才有资格当选,网络上的票数只是参照而已。我的工龄刚好9年,自然不在评选之列,我听后心里稍感安慰,是呀,他们没有功劳也有苦劳。

第二年评优时,公司同样搞了网络投票,这次我的工龄已经足足10年。上次评为优秀的那几个,不是高升了就是跳槽了。纵观全公司,能跟我比拼的没有几个。我想这次就算网络上的票数为零,我也是优秀莫属。

我怎么也没想到,光荣榜上照样没有"曾泳琪"三个字。

领导又说,既然搞了网络投票,自然要按票数的多少来评定。我的票数是公司最少的,自然不是评选之列。

舌尖上的刺刀

我听后，把一杯凉水狠狠地倒进嘴里，牙当时冻得直哆嗦，痛了差不多半年才痊愈。

有了前两次的经验教训，第三年评优时，我重整旗鼓，票数又在公司遥遥领先。心想这次想不评我都难。我的工龄高不说，票数也是第一，这次的优秀天定是我的。

可结果呢，我还是榜上无名。

领导说，时代在进步，大家都在追求与时俱进，讲究创新意识，我们公司同样不能落伍，这次评优主要犒赏那些在工作中不墨守成规，创新意识强的员工。我的创新意识跟那些意气风发的年轻人来说，自然略逊一筹，榜上无名情理之中。我听后，当时脚一软，瘫倒在地。在医院待了好一段时间，才挪着灌了铅的双腿返回公司。

几次打击，我心灰意懒，把评优之事束之高阁。我时常用阿Q精神安慰自己，不是优秀，小日子照样过得有滋有味。

第四年评优活动，我主动弃权。

张贴光荣榜的那一天，"曾泳琪"三个大字竟然赫然居于榜首。同事告诉我时，我怎么也不相信，苦笑一声，肯定公司里新来了一位跟我同名同姓的小姑娘。

可同事围着我嚷，公司里"曾泳琪"是独一无二的，非让我请客不可。

我是优秀？打死我，我也不会相信。我说，肯定是领导搞错了吧，明天说不定就会贴出优秀名单有误的告示。

同事们缠着我不放，恰在此时，女儿打来电话，兴奋地告诉我，她有男朋友了。让我早点回家，准备迎接准女婿。

我一听，乐坏了。这个宝贝女儿，眼光可不是一般的挑剔，高不成低不就，快 30 了，对象八字都没一撇。为她的婚事，我操碎了心。她有了男友，我喜得不知如何是好，从同事中突围出来，来不及解释，朝着家的方向飞奔。

当女儿带着男友站到我的跟前时，我傻傻地盯着他，眼睛忘了转动。

女儿笑靥如花，拽着我的胳膊撒娇道，妈，妈……

我才意识到自己的失态，红着脸语无伦次道，李主任……你……你……

女儿摇着我的胳膊，俏皮地说，妈，什么李主任不李主任的，你现在是丈母娘，叫小李不就行了？

我哈哈大笑，对！对！我是丈母娘，优秀的丈母娘！

嘴 疾

导读： 谁知，几天之后，贾琴一脸怒容地找到晓雪，毫不留情地质问她，干吗背后损人？有本事当面较量呀！晓雪的眼睛瞪得浑圆，张大嘴巴，傻了。

袁晓雪病了。

这病来得蹊跷，见谁也说不出话。她是哑巴？当然不是。

晓雪是日华公司的一名员工，工作认真，成绩斐然。可是她愣得不到上司的青睐，原因在于她的嘴。她说话直，啥事不会拐弯儿。不仅领导不喜欢她，连同事也不

舌尖上的刺刀

愿搭理她。就在她孤立无援的时候，贾琴出现了。

贾琴对晓雪嘘寒问暖，百般呵护。她说她最看不惯那些拍马溜须的家伙。晓雪感动得不知说什么好。贾琴说她在原来的单位，就是因为性格耿直从没得到过领导的重视。两人一见如故，相见恨晚。晓雪把贾琴视为知己，常把心里的话毫无保留地向贾琴倒出，有时言语间会流露出对领导的不满，贾琴不仅随声附和还义愤填膺。晓雪有了贾琴这个朋友感觉舒心了不少。可是有一天，她傻眼了。

那天开会，晓雪、贾琴还有很多同事都在办公室听领导训话。领导说：本次年度评选，贾琴被评为本年度优秀职员……晓雪很为贾琴高兴，好朋友终于有了出头之日。可是领导后面一句话她开心不起来了。领导就有些同志自己不努力，还排挤同事，诋毁领导，说什么领导没有公正之心，老是戴上有色眼镜评价下属……说到这里领导故意停了一下，眼睛看了看晓雪。晓雪觉得脸上火辣辣的，心里像吃了十八只苍蝇一样难受。领导的话明显是冲着自己说的，那句怎么那么熟呢？对了，她说过。跟谁说的？贾琴。

晓雪抬头看看贾琴。贾琴正襟危坐，目不斜视，正认真聆听领导的教诲。晓雪耷拉着脑袋，怎么也想不明白，她跟贾雪的闺房话怎么会传到领导那里。

会议结束，晓雪带着满腹心事，慢慢地挪出会议室。

贾琴满脸春风，像平时一样，习惯性地把手伸进晓雪的臂弯中，晓雪本能地把身子往旁边一闪，贾琴的手便扑了空。

贾琴讪讪地一笑，晓雪，你怎么了？

晓雪尽量控制着自己的情绪，本想强颜欢笑说句祝贺的话。可是当她的目光触到贾琴那张讪笑的脸时，喉咙里好似塞了什么东西，好半天她才艰难地张开嘴，我…我有点…不舒服…说完丢开贾琴，逃也似的离开。

傍晚时分，贾琴来了，她像以往一样大侃特侃。晓雪冷冷地看着那一张一翕的嘴，没有半点说话的欲望。贾琴感觉无趣，只好起身告辞。

贾琴后脚出门，小芳前脚迈了进来。一番关心之后，小芳很自然地聊起这次评优秀职员的事情，大骂贾琴不仗义，出卖朋友谋取私利。

小芳的话说到了晓雪的心坎上，为晓雪出了一口恶气，晓雪感激不尽，感慨知人知面不知心！从此跟小芳成了莫逆。

谁知，几天之后，贾琴一脸怒容地找到晓雪，毫不留情地质问她，干吗背后损人？有本事当面较量呀！晓雪的眼睛瞪得浑圆，张大嘴巴，傻了。

从那之后，晓雪每次张嘴说话，心里就打鼓，生怕自己说出的话又成了别人嘴里的复制！

这样过了一段时间，晓雪张嘴想说话时，"啊"了半天，竟然说不出一个字！

晓雪吓坏了，急忙跑去看医生，检查结果一切正常。医生饶有兴趣地看了她半天，微笑着说：没事，暂时性的失语，好好休息几天就会好的。

晓雪很疑惑，自己都不会说话了，怎么会没事呢？

晓雪访遍了五官科权威，他们一致认为没什么大碍，让她注意休息，说不定哪天一睁开眼，失语症就痊愈了。

正在晓雪为失语求医无门而忧心忡忡的时候，高中同学小雨来找她，说月底同学将在本市聚会。

晓雪直摇头，并不停地用手比画着，搞得晓雨丈二金刚摸不着头脑。晓雪只能以笔代嘴，小雨说，去吧，说不准去了你一开心病就好了。

晓雪拗不过她，只好前往。

十几年的同学相聚，大家都兴奋异常，时光倒流到读书的时代。

晓雪看着一双双真诚的眼睛，听着同学们似山涧叮当作响的笑声，心中的阴霾一扫而光。她端起酒杯忘形地喝起来，几杯酒下肚，有了微微的醉意。她又给自己斟了一杯，摇晃着身子站起，对着同学脱口而出，来，为我们的友谊干杯！

晓雪，你会说话了？同学们一齐叫道。

晓雪圆睁双眼，我……我会说话了？

对呀！

晓雪突然双膝跪地，仰着头大喊，我会说话，我真的会说话！……说着说着，失声恸哭起来。

藏在风扇里的秘密

导读：她越哭越伤心，越哭越绝望，嚷着我不想活了，跌跌撞撞向门外走去。

我父亲是个赌鬼，家里被他赌得只剩下半边灶台半边床。母亲哭着哀求他戒赌，他竟然说，戒赌，眼睛闭上那天就戒了。母亲无奈，吵着不跟他过了。

就在这个节骨眼上，我闯祸了！把邻居梁阿姨家的风扇摔烂了。

梁阿姨跟母亲虽然情同姐妹，可这台风扇是她花了198元买的，在当时相当于一头猪的价钱。是村里唯一的一台风扇，梁阿姨常引以为荣。

母亲知道之后，从门后操起一根扁担，抓住我狠打。一边打一边叫嚷着，打死你！打死你！

我刚满9岁，但我知道损坏东西要赔。我家被父亲赌得一贫如洗，别说198元，就是一元钱也拿不出来。赔风扇那是难于上青天。我站在那，任由母亲打，心想母亲把我打死了，也许就不用赔了。

父亲喜赌却非常疼我，一把推开母亲，黑着脸吼道，你疯了？这样还不把儿子打死呀。儿子也不是成心的，大不了我们赔人家。

母亲被父亲用力一推，一个趔趄摔倒在地。她本来窝着一肚子火，父亲这一推犹如火上添油。她对着父亲大叫，赔？你拿什么赔？你除了赌博，还能做什么？说完坐在地上一把鼻涕一把眼泪哭开了，我真命苦，嫁了一个赌鬼，又生了一个不争气的儿子……

父亲良久没有说话，一张脸憋成了猪肝色，喉头剧烈地抽动，呼哧呼哧地喘粗气。

她越哭越伤心，越哭越绝望，嚷着我不想活了，跌跌撞撞向门外走去。

父亲急忙上前拉住她。她不知哪来的力气，一把甩开父亲，吼道，别拉我！

父亲并不说话，紧走一步，双手死死地扣住她。她甩不开父亲，张开嘴就咬，一股殷红的鲜血顺着嘴角往下流。可父亲咬着牙不松开。

梁阿姨恰在此时来了。父亲看见梁阿姨，眼中喷出一股火，很不友好地说，你放心，风扇我会赔给你的。

舌尖上的刺刀

梁阿姨愣了愣，讪笑道，小海他爸，我……

你什么也不用说了，今年年底我一定赔上，绝不赖账。

梁阿姨的笑容僵在脸上，半晌之后才回过神来。她的嘴角泛上一丝讥笑，小海他爸，凭你那赌瘾……

父亲的脸阴沉得可怕，双手攥成拳头，牙咬得格格响，良久之后一字一顿地说，如果——我——没有——还清——你的钱，绝不——靠近——赌桌——半步！

好！你是村里公认说话算话的爷们，我相信你！不过……

不过什么？

年底还不上呢？

父亲顿了顿，豪气冲天，年底还不上，明年加倍。

真的？

当然是真的，你见我什么时候反悔过？

那明年还不上呢？

那就再翻一番。

那后年……

父亲截住了梁阿姨的话，晚一年翻一倍，直到还上为止。这回你满意了吧？

好！听你的。

父亲果真戒了赌，筹钱买了一头母猪，心想等到母猪产下一窝小崽，就有钱赔上风扇的钱了。可事与愿违，母猪的肚子开始膨胀时，村里发生了一场瘟疫，母猪一命呜呼。父亲血本无归，抱着头蹲在猪圈边，像个孩子般号啕大哭起来。

第二年，父亲把烟也戒了，拼死拼活年底终于攒够了198元。当他喜滋滋地捧着198元去赔钱时，梁阿姨笑着不紧不慢地说，这已经是第二年了，当初……父亲猛然响起当初的豪言壮语，脸一红，急忙说，不会赖账，明年连本加利还上，你把心放在肚里吧。可第三年父亲同样只挣够一台风扇的钱，第四年，第五年年年如此。直到我考上大学，父亲还欠着梁阿姨 198 元。

父亲捧着大学录取通知书，双手抖得厉害，浑浊的眼睛雾蒙蒙一片，儿呀，爸对不起你，现在家里还欠着梁阿姨 198 元。我……我……

恭喜呀恭喜……梁阿姨手里拿着一个裹得严严实实的红布包，满面春风地走了进来。她对着我们诡秘地一笑，把布包一层一层地剥开，里面却是一扎一扎的钞票，每一扎刚好 198 元。

梁阿姨笑眯眯地把布包递到我的手上，小海，这是你爸给你挣的学费。

阿姨，这……这到底怎么回事？

哈哈……小海，还记得当年你打烂风扇的事情吗？我原本跑来准备告诉你妈，风扇不用赔，让他们不要吵架。没想到你爸误会了我的意思，竟然情急之下说戒赌赔钱。我临时改变了主意，决定趁这个机会帮他戒赌。我怕他再犯赌瘾，每年逼他还钱，你不会恨阿姨吧？

我像个孩子似的扑进梁阿姨怀里，一时泪如泉涌。

偷　灯

导读：怎么回事？我歪着小脑袋想开了。不对呀，白天我都是跟竹子哥在一起织半笠，每次他都没有比我多，怎么可能多出两个呢？我想了半天也没想出所以然。

舌尖上的刺刀

　　母亲跟我承诺，等到卖了斗笠，一定给我扯几尺花布，做一件花衣服。

　　我天天倚着门框观望，希望耳边响起那熟悉的"收斗笠，收斗笠"的声音。

　　盼望已久的声音在一个晌午终于响起，我喜得蹦了起来，衣橱上那叠半人高的斗笠在我的眼中立即幻化成鲜艳夺目的花衣裳。

　　母亲回家之后，我喜滋滋地正想向母亲索要花衣裳，抬眼却发现母亲的脸色像暴风雨来临时的天空那样阴沉。那些到嘴的话吓得一激灵，嗖的一声滑进了喉咙。

　　我怔怔地望着瞬息万变的母亲，不知道发生了什么事情。

　　此时，耳边突然响起伯母夸奖竹子哥的声音，"崽呀，妈妈今天特别开心，奖励你两毛钱买冰棒吃。"

　　我立刻明白了，一切的变故都是那该死的斗笠惹的。

　　以前每次卖斗笠时，我家总比伯母家多，有时多一个，有时多几个。没想到这次破天荒地倒了过来！难怪母亲要变脸了！

　　记忆中，母亲跟伯母是前世的冤家，俩人总说不到一块，常暗地里斗胜。第一次较量，母亲输了，她生下我——千金。而伯母呢，却生下带把的竹子哥。伯母的地位陡生，母亲暗自挫气。

　　那时候大家都很穷，家庭的经济来源除了喂猪就是织斗笠。我天资聪明，学织斗笠对于我来说是小菜一碟，一看就会。竹子哥虽不愚笨，相比我来说逊色多了。看着我灵巧地编织着斗笠，母亲灰色空洞的眼睛，立即像夜明珠一样璀璨。她在我耳边念叨，女儿你一定要替母亲争口气，我似懂非懂地点点头。

我没有让母亲失望，每次卖斗笠时都比竹子哥家多几个，母亲常以此为傲。

怎么回事？我歪着小脑袋想开了。不对呀，白天我都是跟竹子哥在一起织斗笠，每次他都没有比我多，怎么可能多出两个呢？我想了半天也没想出所以然。

晚上我耷拉着脑袋端着碗无精打采地坐在煤油灯下吃饭，一阵风闯进门来，灯光的火苗左右飘忽几下，熄灭了。我突然想明白了竹子哥家的斗笠为什么会多了。

我家的煤油灯是简易的那种，就是把煤芯插到一个没有盖的墨水瓶里。竹子哥家的煤油灯却很漂亮，青花瓷的灯座上扣上一个白色的灯罩，燃烧的灯芯在灯罩的保护下，再强势的风对它只能望洋兴叹。

前几天，天气突变，北风呼呼地刮着，我家的煤油灯忽明忽暗，有时干脆熄灭，我跟母亲不得不早点休息。而竹子哥家的灯把家照得亮堂堂，他们肯定就是趁这个机会多织了几个。

该死的灯，害得我没有新衣服穿！我恨得牙痒痒，发誓要想法把它砸得粉碎！

怎么砸呢，我又琢磨开了。突然大脑闪过一个"偷"字，对！偷出来砸碎它！

我开始关注竹子哥家的一举一动，伺机下手偷灯。竹子哥他们似乎洞察了我的心，家里总是不离人，我很郁闷。

功夫不负有心人，机会终于来了。那天伯母一家人先后外出，我揣着一颗怦怦乱跳的心，趁机闪进她的家中，毫不犹豫地拿起那盏灯往外跑。

两步、一步，眼看大功就要告成，突然耳旁传来伯母的尖叫："玉儿，你跑到我家干什么？"

舌尖上的刺刀

我受了惊吓，手一松，"砰"的一声，青花瓷灯盏碎落一地。

伯母暴跳如雷，冲过来一把抓住我，嘴里嚷着"你这个小偷"，用力把我往前一推。我一个趔趄，嘴巴刚好碰到门槛的尖角上，霎时血流如注。我"哇"的一声大哭起来。

母亲正在剁猪草，闻声急忙跑了出来，一把把我搂进怀中，冲着伯母大叫："你这个疯女人，为什么要打我的女儿？"

"我疯了？疯的人是你！比不过就认输呀，唆使女儿去偷我家的东西，真不要脸！"

母亲气得浑身颤抖，指着伯母的鼻子："你……你……胡说！"

"我胡说？你问问你的宝贝闺女吧！"

母亲用力拥紧我，柔声说："闺女，快告诉妈，你没有偷她家的东西。"

我一个劲地哭，咬着嘴巴不说话。

"快告诉妈，你到底有没有偷？"母亲急了，冲着我大吼。

"妈，我……我……我恨那盏灯，它害得我没有新衣服穿，我……"

"你……你……气死我了！"母亲银牙紧咬，对着我劈头盖脸一顿狂打。

伯母愣了片刻，突然冲过来护住我，对着母亲吼道："你这样会把闺女打坏的。"

"你别假惺惺的，走开。"

"我……"伯母被呛得说不出话，尴尬地站在那搓着双手。

"你走开，我不想看见你！"母亲冲着伯母吼完，抱着我失声痛哭起来。

第二天中午，我意外地看见伯母拿着几尺花布微笑着走进我的家。

岁月老人和柠檬仙子

导读： 恰在此时，一声娇斥从天而降，住手！老人并不搭理，狰笑着继续逼近艾梅，小刀仗着主人的威风，俯下头，张开嘴就要亲吻艾梅的脸。

艾梅望着镜中那张满是岁月痕迹的脸，愁眉不展。

她从好友处得到一中药秘方，据说只要连服四剂，那些岁月痕迹绝无藏身之处，光彩弹性立马再现。

她每天围绕中药罐忙活，那些比黄连还苦的药被她当作琼浆玉液享用，连药渣都不放过。

郁闷的是四剂药服完之后，脸上的斑点不但没减少，反而有递增的趋势。

她看着风采不减当年的老公，愁得吃不好，睡不香。生怕一觉醒来，老公铁青着脸递给她一张纸，我们离婚吧。

她变得多疑、多虑，失眠跟噩梦时常光顾她，她痛苦不已。

她满腹心事在路上踯躅而行，一位老人手持一把小刀，不由分说狠狠地在她脸上划了一刀。她痛得龇牙咧嘴，本能地捂住脸，大呼救命，朝着相反的方向拼命奔跑。

舌尖上的刺刀

老人并没有善罢甘休，一边追赶一边狂笑，哈哈……你省省力气吧，没人能救你。

她实在跑不动了，哭着哀求老人放过她。

老人不为眼泪所动，挥舞着小刀一步一步逼近她。

恰在此时，一声娇斥从天而降，住手！老人并不搭理，狰笑着继续逼近艾梅，小刀仗着主人的威风，俯下头，张开嘴就要亲吻艾梅的脸。

说时迟，那时快，一道寒光夹着呼呼风声飞了过来，小刀"咚"的一声，摔了个嘴啃泥，狼狈地扑到地上。一位身穿黄色长袍的仙子飘然而至。

老人勃然大怒，哪里来的妖女，竟敢坏你爷爷的好事！

女孩仰天大笑，哈……岁月老儿，睁眼看看我是谁！

老人大惊失色，扑通一声跪了下来，柠檬仙子饶命！

岁月老儿，本仙子不为难你，走吧。

老人唯唯诺诺，灰溜溜地跑了。

艾梅心有余悸，身子犹如风中的枯叶，不停地颤抖。

仙子扶起艾梅，拍拍她的肩安慰她道，不要害怕，没事了。

艾梅对着仙子千恩万谢。可当手触到脸上的刀伤时，泪像打开的水龙头，哗哗地往下流。

仙子抚摸着艾梅脸上的刀痕，大骂岁月老儿好狠的心。转而安慰她，不要难过，我带你去一个地方，还你一张光洁如玉的脸。

艾梅止住了哭，眼里闪着惊喜的光，真的吗？

嗯。只是这地方比较偏僻，位居深山之中，道路蜿蜒崎岖，没有一定的耐力很难到达，你……

艾梅抢过仙子的话，只要能医好我的这张脸，上刀山下油锅我也绝不退缩！

艾梅在仙子的带领下，爬过一座山，又越过一道岭，来到一片果林，成片的果树上爬满了青黄相间的果子。奇怪的是，偌大的果园却无人看管，任由熟透的果子掉落于地与泥为伍。她正纳闷间，仙子笑着指着果园说，只要你坚持每天把果子切成薄片泡茶喝，同时把果片放入凉开水中浸 3—5 分钟，用于敷脸，不出 10 日，你会面如美玉，光彩照人。

艾梅喜得像个孩子般跳了起来，丢下仙子，独自投身到果园的怀抱之中。踮起脚尖，勾着树枝一边大笑一边拼命地摘呀摘。

老公推醒她，这么开心，拾到金元宝了？

天啦！原来是南柯一梦。

她再也没有睡意，缠着老公帮她解梦。

老公听完之后，哈哈大笑，老婆……老婆，你已经走火入魔了。那岁月老人分明指的是岁月的无情，那仙子……

仙子是怎么回事？

老婆，梦中的事情都是浮云，别想了，睡吧，睡吧。

艾梅大脑里反复回放着梦中的经历，那些情景清晰得伸手可触，怎么可能是浮云？

第二天，艾梅缠着老公陪她去寻找梦中的果园。老公拗不过她，只好前往。

艾梅带着老公按照梦中的路线，最后来到了四川安岳县的一个偏僻山村，哪里果然有一大片果园，如梦中的情景如出一辙。

艾梅开心极了，抱着老公旋转。

一群如花似玉的姑娘走入果林，恰好目睹刚才一幕，

舌尖上的刺刀

掩着嘴窃笑。姑娘们告诉艾梅夫妇，这水果名叫柠檬，功能很多，不但润肤、美容，而且可以防治肾结石、提高免疫力等。她们就是每天用柠檬泡茶，敷脸，说完骄傲地扬扬那白玉般无瑕的脸。

几天之后，有老板自愿捐款为山村修路，柠檬走出山村，进入大城市。艾梅所在城市有一家柠檬加工厂隆重开业，老板却是艾梅的老公。

年 味

导读：他特郁闷，年味怎会说不见就不见了呢。它到底藏在哪里？他头都想痛了，一点头绪也没有。

于枫这几天愁得寝食难安，人都瘦了好几圈。这时，同村的小强来看他。小强看他面带菜色，关心地问他是不是不舒服。他长叹一口气，小强，不是不舒服，这几天我总感觉自己弄丢了什么东西。

小强说，前几天我也跟你一样，总感觉丢了什么。昨晚我才想明白，后天就要过年了，我却感觉不到年味，原来是我把年味弄丢了！你想想，是不是跟我一样呢？

他愣怔了一会，一拍大脑，对，对！我丢失的也是年味。

弄丢了年味，自然得把它找回来，可是到哪里去找呢？

他把自己关在房子里，开始翻箱倒柜寻找，找来找去，连年味的影都没见着。年味到底丢哪了？他坐到凳子上，自言自语道。他依稀记得，小时候，日历翻到腊月时，故乡里不论大人还是小孩，见面都会说，马上就要过年了，年味似乎伸手可触。想起来挺好笑的，那时候，元宵节刚过，他便掰着手指头开始数，一月、二月、三月、腊月初一，腊月初二……数到腊月二十九那天时，他兴奋得怎么也睡不着。明天就要过年啦！盼望了这么久，终于可以吃上香喷喷的猪肉、鸡肉、鱼，甚至还可以吃上味道鲜美的牛肉。他躺在床上一个劲咽口水，恨不得立刻天亮。他恍然大悟，原来年味藏在大鱼大肉中。他一口气跑上街，买了鱼也称了肉。他闻着鱼肉的香味，望望仅能容纳一张床的小屋，失落感有增无减。

　　他叹口气，自己是白忙活了，年味根本不在鱼肉之中。到底在哪里呢？他又打开大脑搜索，突然他猛拍一下大腿，站了起来，对了！小时候，每到过年时，爸妈再穷，也会想法给每个子女做一身新衣服。他穿上新衣服后，总会迫不及待跑出家门，在村子四处晃悠，脸上满满的全是幸福。他笑了，原来年味藏在新衣服里。于是，他又屁颠屁颠跑上街，给自己买了一身廉价的新衣服。回家后，他换上新衣服，急忙走出家门，可迎面走来的全是一张张陌生的面孔，他的心一下子沉到冰窖之中，失落感更深了。

　　他郁郁寡欢回了家，喃喃自语道，年味不在鱼肉里，也不在新衣服里，到底在哪里呢？他再一次打开大脑搜索，不到一刻钟的工夫，笑容再次浮上他的脸颊。他记得很清楚，小时候过年时，父亲会买回一挂鞭炮，吃年夜饭前放。他是家里的长子，父亲负责点火，他负责燃放。噼里啪啦的鞭炮声响起时，弟弟和妹妹们捂着耳朵，蹦跳着喊着，过年啦！过年啦！原来年味藏在鞭炮里面！

舌尖上的刺刀

他又兴冲冲买回鞭炮。鞭炮声响起时，他张嘴想呼叫，过年啦！他习惯性地扫视四周，除了一扇掉了膝的木门外，就是一堵不知啥底色的墙壁。他的嘴巴像被挂了锁，怎么也发不出声音。

他特郁闷，年味怎会说不见就不见了呢。它到底藏在哪里？他头都想痛了，一点头绪也没有。

他火了，头一甩，他妈的，不想了，丢了就丢了吧。他这么一想，心里便释然了，倦怠感乘机而上。他头一歪，身子一歪，靠在椅子上睡着了。他刚入睡，身子突然离地而起，绕着小小的斗室盘绕一圈，然后越过窗户，抖动翅膀朝着家的方向飞去。

"枫儿回来了，枫儿回来了！"母亲惊喜地叫道。父亲趿着鞋，啪嗒啪嗒跑了出来，姐姐、哥哥还有妹妹紧跟着从房间跑了出来。全家人把他围在中间，闹呀笑呀。

他亲热地叫声妈，再叫声爸，又扭头叫声弟弟，然后走到妹妹身边，捏一下妹妹的鼻子，叫一声"小丫头"，踮起脚跟朝厨房里瞅，鼻孔使劲地嗅了又嗅，扭过脸问母亲，妈，厨房里煮了什么，味道这么好闻！

母亲哈哈大笑，枫儿，几年没吃过妈做的年夜饭，馋了吧？

不对！妈，不是年夜饭的味道！

枫儿，不是年夜饭的味道，那是什么味道？

妈，今天过年，我想呀，哥闻到的味道，肯定是年味。对不，哥？妹妹仰起头，顽皮地对着他眨眨眼。

对，对！年味，就是年味！还是小妹聪明！他一边说着一把把妹妹抱了起来。

他是一位民工，因老板拖欠工钱，已经有三年没有回家过年了。

南京天安门

导读：刘星一路上脑子昏沉沉的，怎么回到家也分不清了。当他见到父亲时，父亲正躺在床上，双眼紧闭，张着嘴，喉结急促地抽动。

"我爱北京天安门……"手机音乐突然想起，刘星一看号码，是小妹的电话。嗨，真巧，他正好要告诉小妹快回家了。

"妹妹……"刘星正准备说话，就听到小妹抽泣的声音："哥……爸爸快不行了，你快回家吧！"小妹的哭声大起来。

"爸爸不行了？怎么可能？"

"哥，三言两语电话中也说不清楚，你快回来吧，要不……"小妹已泣不成声。

刘星撂了电话，火急火燎往火车站赶。

刘星的心一片混乱，边跑边想。前几天，父亲还在电话中跟他说，身体很硬朗，让他不要牵挂，安心工作。当他告诉父亲过几天回家，接他到北京瞧瞧天安门的雄伟时，父亲半晌没有说话，只在电话那头呵呵地笑。

说起父亲的愿望，事情得回到二十年前。

刘星出生在南京市桥大镇的一个小山村，从记事起，常看见父亲望着远方出神，无限向往地对刘星说："星星，听说北京天安门城楼很高，很大，很壮观，是全国各族人民向往的地方。如果我能去看一回，那该多幸福啊！"

那时，刘星还小，天上的星星很美丽，林中小鸟的

舌尖上的刺刀

歌声很动听。注视父亲那向往的神情，他想天安门肯定不一般。他仰着纯真的脸，信心百倍地说："爸爸，等到我长大了，我带您去看北京天安门！"

父亲弯下身，眼中射出万丈光芒，用力搂过刘星："儿子真乖！你一定好好读书，考上北京的大学。"

刘星很争气，发奋努力，果然不负父亲的厚望，后来以优异的成绩考上了北京大学。

刘星参加工作之后，父亲再也没有提起过北京天安门，只是一再嘱咐他，一个人在外不容易，好好照顾自己，家里的事情不用他操心。

可是父亲的愿望刘星一直没有忘，特意把手机的铃声设置成"我爱北京天安门"这首歌，时时告诫自己省吃俭用，拼命工作，争取早日带父亲登上天安门城楼。

刘星一路上脑子昏沉沉的，怎么回到家也分不清了。当他见到父亲时，父亲正躺在床上，双眼紧闭，张着嘴，喉结急促地抽动。

"哥哥，医生已经无能为力了……爸爸要不是憋着这口气等你回家，早已……"妹妹在旁边抽泣着："爸爸知道你过几天接他到北京，开心极了，晚上去跟二叔分享这个天大的喜事。二叔听了高兴，拿来好酒祝贺。爸爸一开心，多喝了几杯。爸爸本来酒量不高，几杯下肚便有了一点微醉，回家时下着毛毛细雨，天黑路又滑，爸爸不小心摔了一跤，再也没有爬起来。"

刘星听后心如刀割，怪自己害了父亲。他抱着父亲，像个孩子似的呜呜哭泣："爸爸，我是星星，我回来了……"

父亲努力地睁开眼睛，嘴艰难地翕动着，刘星忙把耳朵凑上去，可父亲言语含糊，刘星费力地辨听，才听清了其中的两个字——"北京"。

北京？儿时父亲神往的双眼、那幸福憧憬的神情，似电影画面清晰地在刘星脑海中翻开。

南京离北京一千多公里，让父亲临终前看一眼天安门，谈何容易？可让父亲带着满腹遗憾离开，自己又会内疚一辈子。怎么办？怎么办？刘星揪着头发，无助地扑在父亲的床前。

妹妹抹干了眼泪，安慰刘星："哥，事已至此，难过也没什么用。"

"不行，绝对不行，爸爸辛苦了一辈子，这个心愿伴随他一辈子，我不能让爸爸带着遗憾离开，绝对不能！"刘星起身，对着妹妹说："快，快，我要带爸爸上北京！"

妹妹大吃一惊，疑惑地瞪着他："哥，你在胡说什么？"

"谁胡说了？快！快！"刘星对着妹妹吼。

村民们都来了，看刘星态度很坚决，急忙帮他把父亲送上出租车。

出租车司机是个中年人，见多识广，他对刘星说："我倒有一个办法，不用去北京也能让你父亲实现愿望。不知道……"

刘星忙抢过话头："只要能让父亲实现愿望，什么要求我都会答应的，快说吧！"司机去旁边打了一通电话，打开车门说："好，我带你们去一个地方。"

一会儿工夫，车子停在一扇大门前，刘星抬头一看，五个大字"南京影视城"跃入眼帘。

影视城里的所有工作人员，都自发地聚集到天安门城楼下，五星红旗冉冉升起，雄壮的国歌"起来！不愿做奴隶的人们……"在上空回荡。

刘星的父亲突然睁开双眼，一下子坐正身子，口齿清楚地说："天安门！"一抹幸福便永远定格在那微笑的脸上……

寻找行色匆匆的人

导读：送！送！当然送！他专心开车，不再说什么。年轻人片刻之后很不友好地开了口，喂，你说你凭什么免费载我？

肖牧不是的士司机，可是每年中秋之夜，他会买上几盒月饼，开着私家车到大街上免费载客，那些幸运的客人同时能得到他馈赠的月饼。

不过他并不是随便什么人都载，专载那些行色匆匆的人。

又到了一年的中秋之夜，他早早吃过饭，带上几盒月饼，开着小车在大街上寻找目标。

目标出现了！他心念一动，方向盘随即往右一打，车刚好停在神色忧郁，步履匆忙的一年轻人身边。您好，赶着回家吧，我送你。

你……你怎么知道我要回家？

今天是中秋节，谁不是急着往家赶呢。

哦，哦。你想趁机捞钱？

别……别误会，不要钱。

不要钱？哈……开什么国际玩笑！

绝不是玩笑。我是认真的。

哈……不会到时狠宰我吧？

不会，请你相信我！

那年轻人定定地看了他几秒钟，然后上了车。

请问，家在哪里？

城南公园。

不回家去城南公园干吗？他脱口而出。

你真是管得宽！家在城南公园旁边不可以吗？你送还是不送！

送！送！当然送！他专心开车，不再说什么。年轻人片刻之后很不友好地开了口，喂，你说你凭什么免费载我？

他笑笑，欲言又止。

不会另有所图吧？

没有。

哈……天上会掉馅饼吗？你不说出原因，借个胆子我也不敢坐你的车了。停车，快停车！

他看年轻人一脸的倔强，长长地叹了一口气，好吧，你执意想知道，我告诉你。

十六年前，我跟你差不多大。中秋之夜，母亲拍拍头笑着跟我说，牧儿，妈这几天忙晕了头，月饼都忘记买了。你去买盒月饼吧。偏偏我家住在偏远的郊区，附近几家小店月饼销售已空，我只好急忙赶往市区。我当时很穷，穷得坐不起的士，只好走路去。母亲看我半天没回，很担心，于是出来找我。横过马路的时候，一醉鬼骑着摩托车东倒西歪，向着母亲驶来，母亲躲闪不及，被撞倒在地，母亲……母亲……他眼中闪着泪光，哽咽着说不下去。

你别难过了，过去的事情就让它过去吧。不过这……这跟免费载我没关系呀。

舌尖上的刺刀

他使劲眨眨眼，深呼吸，停顿片刻又开了口，如果当初我富有一些，有私家车或者有能力搭的士，就能及时赶回家；还有如果我有孝心，早早买好月饼，悲剧也不会发生。我不孝呀，那几天女朋友吵着跟我分手，我只顾着伤感，竟然把这么重要的事情忘了。那个中秋夜成了心底永远的痛，我在母亲的墓前发誓，等我有钱了，立刻买车，中秋之夜准备好月饼，免费专载那些行色匆匆的路人，让他们早早回家团聚，欢欢喜喜度中秋。

年轻人低着头，不再言语。

到了！他停好车，从后车厢拿出一盒月饼准备送给年轻人，却发现年轻人根本没下车。他打开车门，笑着说，到了，快回家陪母亲过节吧。他老人家肯定正眼巴巴地盼着你呢。

哦！哦！我……我……我刚才恍惚间说错了地址，其实……其实我家不在城南公园的旁边。你……你能再送我吗？

他稍迟疑了一会，立刻爽快地答应了。

再次回到车上时，他们自然而然聊了起来，他感慨子欲孝而亲不在，是世上最痛苦的事情。告诫年轻人，要好好珍惜跟父母在一起的每一个日子。特别是过年过节，老人都渴望儿女们陪在身边，我们做儿女的，一定要抽时间跟父母团聚。他唯唯诺诺，一个劲地说，是，是。

言谈间，已经到了年轻人的家。年轻人拿上他送的月饼，道谢之后，立刻回家。他经过垃圾桶时，从口袋里掏出一个小瓶子，顺手丢进了垃圾桶。

那是一瓶硫酸。原来前几天，年轻人被相恋五年的女朋友劈腿了，他气愤难平，本想趁中秋之夜毁了她，以雪心头之恨。

过 年

导读：怎么办呢？一边是父母，一边是家公和老公，说心里话，丢下谁她都不愿意，可又有什么办法呢。那天晚上她辗转反侧，一夜无眠。

李莉远在深圳，已经有两年没回娘家江西看望父母了。

李莉的老公只有一个弟弟，也在深圳工作。往前，家公总是不远千里，从江西赶来深圳跟大家一起过年。可是今年，家公说身体一年不如一年，他不来深圳了。家公不来深圳，老公跟小叔子肯定回江西过年，她自然可以去看望父母，给父母拜年了。

李莉特别兴奋，她在心里把春节的时间排得满满的，陪家公过完年之后，初一去给父母拜年，初二给姑姑拜年，初三给舅舅拜年，初四、初五跟姐、弟妹聚聚，初六返回深圳。她掰着指头等放假，期待着早点回家。

可是她做梦也没有想到，年前一个星期左右，家公突然出现在深圳，黑里透红的脸上盛开着鲜花。她看着那团鲜花，心掉进了冰窟，回家的愿望又泡汤了！

可是李莉一旦动了回家的念头，那念头犹如被点燃的干柴，越烧越旺，大有不回家就有爆炸之势。她跟老公撒娇，缠着他陪自己回去给父母过年。任凭她怎么折腾，老公就是不同意。说什么，父亲千里迢迢来到深圳，目的就是为了跟两个儿子团圆，过一个热闹年，他怎么可以扫父亲的兴呢。她转变战略，动之以情，晓之以理，

舌尖上的刺刀

必要时动用眼泪开路。老公看着梨花带雨的她，终于让步，承诺只要老父亲和弟弟没意见，他就陪她回家。

老公这一招够损，让她去说服家公和弟弟，这话如何说得出口呢。最后她把心一横，找到了家公，讪笑着开了口，首先跟家公拉家常，说了许多暖心的话。家公听得心花怒放，她看时机一到，甜甜地叫一声"爸"，然后舌头一转，跟家公聊起了过年的事情。她告诉家公她已经有两年没回家了，前不久父亲病了，在医院待了一个多月，她都没空去看望。她真的好想回家陪父母过年，说到动情处，她的声音嘶哑，泪在眼眶打转，她抬起头，使劲眨巴着眼，不让泪水掉下来。

家公被她感染了，一个大老爷们眼中竟然汪着泪。她便试探着说，爸，我想……我想……

小莉，别说了。我明白你的心思。家公说完，回过头朝着儿子喊道，峰儿，今年你陪小莉回江西陪岳父母过年吧。

爸……

家公一挥手，峰儿，不用说了，都是父母呀。

她喜得跳了起来，扑到电话机前，急忙把这个喜讯告诉了母亲。母亲听后打着哈哈一个劲说好，好！父亲则在一旁嘿嘿笑。

她兴奋地张罗着置办年货，吃的、用的一应齐全。正所谓是万事俱备，只等初一了。可是老公的一席话犹如一盆冷水，把她浇了个透心凉。老公说，小莉，我思来想去，觉得留下父亲跟弟弟在深圳过年实在不好。不如这样吧，你带女儿回江西过年年，我呢，留在这里陪父亲。

你……你……

怎么办呢？一边是父母，一边是家公和老公，说心里话，丢下谁她都不愿意，可又有什么办法呢。那天晚上她辗转反侧，一夜无眠。

天刚蒙蒙亮，电话响了，是母亲打来的。母亲告诉她，父亲知道她要回家，特别开心，四处托人买野味，有野猪、野骆驼……母亲像放鞭炮样说个没完没了，她拿着电话，大脑一片空白，一个字也说不出来。

母亲看她半晌没说话，似乎意识到了什么，便住了嘴。她叫一声"妈"，喉咙里像堵了什么东西，泪哗哗往下掉。

母亲心疼地责备道，小莉，你也老大不小了，怎么像个孩子似的。没什么呀，不能回就不回，妈不会怪你的。好好陪家公过个热闹年吧！

她"嗯、嗯"几声，擦干眼角的泪，笑着说，妈，明年，明年我一定回家陪你和爸过年。

她挂了电话，一屁股跌坐在沙发上。此时，家公、老公、女儿、小叔子突然出现在她面前，齐声说："我们一起去江西过年吧！"

她望着他们，泪像拧开的水龙头，在脸上哗哗地流淌。

项链的烦恼

导读： 晚上我刚入睡，先老师那双意味深长的眼睛飘到我的床前，我一哆嗦，赶紧用被子蒙住头，大气也不敢喘。谁料，那双眼睛钻进被窝，我尖叫一声，赤脚跳下床，逃进客厅。

舌尖上的刺刀

我带着儿子刚走到教室门口，班主任先老师挡住了我们。跟我打完招呼，便把儿子拉到一边，蹲下身子问，小山，昨天中午，你有没有看见你的床上有一根白色的项链？

儿子不说话，抬头看着我。我猛然想起，昨天我到学校接儿子，儿子蹦跳着递给我一根项链，兴奋地说，妈，送给你。

项链？哪来的？儿子。

捡的。

真的？

嗯。

这是一根纯白色的珍珠项链，白亮得能照出人影，十分圣洁、华丽，我一眼就喜欢上了它。我顿起贪念，决定据为己有。难道这项链是先老师的？如果是，事情麻烦了，先老师肯定会瞧不起我，以后儿子怎么在他的班上混呢？

先老师看儿子不说话，继续说道，小山，前晚小亮发烧，我在你的床上躺了一会，昨晚发现项链不见了。

这里得交代一下，我家离学校很近，因而儿子没有住校，走读。也就是说每天晚自习后回家，早上返校，中午在学校休息，晚上那张床就是空着的。

我不等儿子开口，急忙说道，先老师，小山没有看见项链。

先老师吃惊地抬头看着我，我才意识到失口，慌乱之中又忙着补充，昨天下午，我也去宿舍了，没看见小山的床上有项链。

先老师"哦"了一声，意味深长看了我一眼，然后笑着说，没事，也许……也许掉到其他什么地方去了。

小山，快，上课去。

儿子跟先老师走后，我想着自己刚才的那些话，越想越不安。自己在家怎么知道先老师丢了项链？既然不知道先老师丢了项链，又怎么可能去床上寻找呢？这不是此地无银吗？明明已经是深秋，我的头上却沁出豆大一般透明的汗珠。

回到家，我拿出那项链，当眼睛触到它时，我的心怦怦乱跳，先老师……先老师最后那意味深长的眼睛，什么时候镶在项链上了？那根项链像烫手的山芋，我急忙甩掉它，随手抓起一件衣服，把它严严实实地蒙住。良久，我的心才慢慢安定下来。

我不敢见先老师，不敢面对她那意味深长的双眼。那天晚上我接儿子的时候，不敢像以往一样直接走进教室，还是先进行侦探，确定先老师不在教室，才敢走进去，以最快的速度带着儿子火速离开。回到家，我急忙问儿子，今天先老师有没有批评你？儿子摇头，我悬着的心才落地。

晚上我刚入睡，先老师那双意味深长的眼睛飘到我的床前，我一哆嗦，赶紧用被子蒙住头，大气也不敢喘。谁料，那双眼睛钻进被窝，我尖叫一声，赤脚跳下床，逃进客厅。那眼睛跟着飞进客厅，我夺门而逃，眼睛破门而出，对我穷追不舍。一觉醒来，我浑身上下都湿透了。

第二天，我双脚像踩在海绵上，整个人轻飘飘的。送儿子上学时，我把儿子送到校门口，嘱咐几声，急忙逃离学校，生怕撞见先老师。回到家，我的心吊了起来，生怕先老师故意找茬，给儿子小鞋穿。儿子放学回到家，我第一句话就是"今天先老师批评了你没有？"奇怪的是，儿子每次都是笑眯眯地说，先老师表扬我呢，夸我

舌尖上的刺刀

守纪，文明有礼，是同学们的榜样。有一次，儿子见到我，从口袋掏出一块巧克力，妈，给你吃。我忙问儿子哪来的，儿子很自豪地说，先老师说表现好，奖给我的。那一刻，我怔住了，少顷，脸上通红通红的，像抹了一层胭脂。

我更不敢见先老师了，每次接送儿子，不敢踏进校园半步。可是有一天早上，儿子不知哪根神经搭错了，硬是缠着我送他去教室，我不同意，他就蹲在地上哭闹不止。实在没办法，只好依了儿子。心里一个劲地祈祷，千万别碰上先老师。还好，先老师不在。我把儿子送进教室，不敢停留，急忙回转。没曾想，走到门口时，先老师从天而降。我手足无措，恨不得找个地缝钻进去。

先老师笑着招呼道，小山妈妈，您好！

我强行挤出一丝笑，先老师，您好！心呢，像打鼓一般。

小山妈妈，我正想找你呢，上次丢的那根项链找到了。你看。

先老师扬起头，雪白的脖子上有一根纯白色的珍珠项链，白亮得能照出人影，十分圣洁、华丽。项链跟儿子捡到的那根一模一样。

第二辑　敲错门的玫瑰

导读：家是什么，是一个避风港？是一座房子？还是一个心灵深处的挂恋？笔者带着这些问题，带领读者走进一个个各具特色的家庭，用他们的故事解开读者心中的疑团，告知读者如何营造一个温馨，其乐融融的家。如果你想夫妻和睦，拥有幸福的家庭，你还犹豫什么，赶快跟随笔者走进故事中吧！

敲错门的玫瑰

导读：她不由心花怒放，急忙跑到厨房做了几个拿手好菜，喜滋滋地等着老公回家。心想，老公特意选在这个浪费的节日用这种特殊的方式和好，可谓用心良苦。

她斜躺在沙发上，对着老公嗲声嗲气：老公，我想吃苹果。

要在往日，老公会屁颠屁颠地洗净苹果削好皮递给

舌尖上的刺刀

她，然后微笑着摇头说：真是个孩子。可今天他在公司平白无故地受了上司的指责，窝着一肚子火，看什么都不顺眼。老婆的孩子气让他很不爽，老大不小了，装什么嫩呀？这么一想，从嘴里蹦出的话就带有几分嘲弄：你以为你是小姑娘呀，什么都依赖我……

她像以往一样继续撒娇：不嘛，不嘛，我就要你去。

他不耐烦地看了她一眼，没好气地说：你烦不烦呀，说不去就不去，想吃自己动手。

她这才意识到不太对劲，抬起头睁大眼定定地看了他几分钟，鼻子一酸，哑着嗓子说，你嫌我老了？

他看着很委屈的她，心里很反感，真是的，有什么委屈的，只不过说了一句实话而已。便脱口而出：不是嫌你老，你真的不是小姑娘了。

她的眼泪哗哗地往下流：你嫌我是黄脸婆了，对不对？好！好！你找小姑娘去吧。

她抹着眼泪冲进卧室，砰的一声门在身后关上。看着她的怒气冲冲的背影，他在心里暗骂，他妈的，今天真是碰见鬼了，单位无辜受气，回家老婆又无理取闹，这过的什么日子呀。

他回房休息时，发现老婆把门从里面反锁了。他的心里更来气——好，好，有本事这一辈子别让我进去。

他懒得敲门，踅回客厅，在沙发上待了片刻，最后在书房里和衣躺了一夜。

第二天俩人打起了冷战，谁也不理谁。一到晚上她抢先进了卧室，又把门从里反锁上。

他试着敲门，里面鸦雀无声。他气呀，这娘们太蛮不讲理了！好，好，不去就不去，有什么了不起！

从此他再也不去敲门，每天晚上径直到书房休息。

第二辑　敲错门的玫瑰

　　此时她才慌了，一天晚上她故意拖到很晚还不睡，有意让他先进卧室。没想到他不领她的情，照例跑到书房躺下。

　　她很难受，这男人翻起脸来比翻书还快，心肠硬得像石块，把以前要疼爱她、包容她的山盟海誓忘到爪哇国去了。想让我求他回房，想都没想！

　　他也很委屈，这女人真是小心眼，为了几句口舌，竟然闹起了分居。想让我低声下气求她，没门！

　　俩人对峙着，谁也不服输。空气里氤氲着一股浓浓的火药味。

　　时间一晃就到了情人节，那天她下班刚到家，咚咚的敲门响起，门外竟然站着一位满面春风的小姑娘。小姑娘一看见她，微笑着把一束火红的玫瑰递给她，阿姨，情人节快乐！

　　她一脸迷茫地接过玫瑰，按捺住一颗怦怦乱跳的心，急忙展开里面的纸条：亲爱的，都是我的错，原谅我吧，情人节快乐——爱你的老公。

　　她不由心花怒放，急忙跑到厨房做了几个拿手好菜，喜滋滋地等着老公回家。心想，老公特意选在这个特别的节日用这种特殊的方式和好，可谓用心良苦。

　　她侧耳细听门外的动静，当那熟悉的脚步声响起时，她慌忙跑到镜前理顺头发，扯平衣角，像一朵被太阳公公晒红脸的玫瑰，羞涩地站在门前。

　　她殷勤地给老公递上拖鞋，双手接过公文包，用饱含深情的双眼看着他，柔声说：老公，都是我的错，情人节快乐！

　　他被眼前戏剧化的一幕定格在门前，疑心自己正站在舞台上，心在那一刻呼停止了跳动。

舌尖上的刺刀

当他确认眼前的一幕真真切切时，一股暖流洪水般包围了他。他眼中一热，伸手拥过她：老婆，我也有错……

她抬起头，用嘴堵住了他的嘴。突然，他的目光落在茶几上那束火红的玫瑰上，微笑凝固在脸上，怪腔怪调地说：难怪今天这么好心情呀！

你……你……你这是什么意思？她丈二和尚摸不着头脑。

情人节收到玫瑰，心情想不好都难呀！他阴阳怪气地说。

玫瑰不是你送的？

我送的？

她白了脸，急忙拿出那张纸条甩给他，背对他气鼓鼓坐在餐桌前。

他不看这纸条还好，一看火滋的一声窜上脑门，好呀，竟然发展成夫妻关系，厉害！佩服！

你……你……原来你送玫瑰就是为了羞辱我？她气得全身发抖。

我用这种方式羞辱你不是等于羞辱我自己，我……我犯得着吗？离婚！离婚！

离就离！她也火了，腾地站了起来。

恰在此时，咚咚的敲门声响起，门外站着送玫瑰的那位小姑娘。她满面歉意：阿姨，实在抱歉，这玫瑰……这玫瑰是楼下那位阿姨的。

她跟他懵了，闹了半天这玫瑰竟然是别人的！

她的眼中噙着泪，冲着那小姑娘大吼：你怎么能这么大意呀，你……

阿姨，我…我…我忙晕了头……

他看看委屈万分的她，内疚感油然而生。他动情地拉过她的手，微笑着对小姑娘说，小姑娘，你不必歉意，我正要感谢你呢。这玫瑰花我要了，多少钱都行。

这……

他双手捧过玫瑰花，眼中闪着柔情的光，老婆，以前都是我的错，请你原谅我！

她一头扎进他的怀中，泪像小溪般在脸上哗哗地往下流。

染血的鞋底

导读：听母亲这么一说，我的心里一片潮湿。屈指算来，我已经有二年多没回去探望父母亲了，儿女们都远走高飞了，家里只有两个老人相依为命，想到这些，愧疚感油然而生。

国庆节前几天，母亲在电话中说，玉儿，我给你们每人做了双布鞋，抽空回家拿吧。

妈，你给我们做布鞋？

嗯，有空你回家一趟吧。

母亲做姑娘的时候就会做布鞋，以前很多亲戚穿的布鞋都是她做的。现在人虽然不穿那种布鞋了，但母亲还是喜欢做，还说买的胶底鞋不如她做的布鞋暖和。可是，前几年母亲得了颈椎病，从此落下了病根——手无力。别说做布鞋，就是扫地也感觉吃力。我正沉思间，母亲又开了口，听说你们广州那边，冬天大家都不用暖气，也不烤火。我记得，小时候你特别怕冷，一到冬天，

舌尖上的刺刀

脚像冰块一般，怎么暖也暖不过来。我用上好的棉花，特意给你们做了很厚的棉布鞋，这样可以保暖。

母亲这话是真的。我这人属于冷血动物，冬天特别怕冷，脚冻得像冰。以前，母亲每次做布鞋，特意给我的那双多叠好几层棉花，可还是不顶用。每天晚上睡觉前，母亲再忙，也得帮我用热水泡脚，这样心里才会踏实一点。如果有一天忘了，母亲忙完之后，马上钻进我的被窝，用滚烫的胸捂暖我的脚，她才放心去睡。

听母亲这么一说，我的心里一片潮湿。屈指算来，我已经有二年多没回去探望父母亲了，儿女们都远走高飞了，家里只有两个老人相依为命，想到这些，愧疚感油然而生。

我忙哽咽着一个劲地点头"嗯，嗯。"

趁着国庆假期，我回了一趟老家。

母亲拉着我的手，一个劲地笑，父亲站在旁边，搓着双手，呵呵乐个不停。那一天母亲做了一大桌我爱吃的菜，笑眯眯地看着我吃。我叫母亲一起吃，她总说，你快吃，我还不饿呢。

两年不见，母亲苍老了不少，常常说着说着话，就会问，玉儿，刚才我说什么来着。然后拍拍自己的头，嘿嘿笑几声，老了，不中用了。

冬天一到，我马上拿出母亲做的布鞋，却意外地发现，鞋底上染着星星点点的血迹，我急忙问母亲怎么回事。母亲笑着说，夏天蚊子多，打蚊子染上的。穿上母亲亲手做的布鞋，这个冬天立刻暖和起来。特别是儿子，高兴成什么样子，蹦着跳着，说他们班上同学羡慕死了。我把这些告诉了母亲，母亲听后，只是一个劲地笑。父亲也在一旁嘿嘿地笑，笑得比母亲还开心。

一年之后，国庆节前几天，母亲又打来电话，玉儿，我帮你家每人做了一双新布鞋，你抽空回家拿吧。

妈，那双鞋还新着呢。你……

玉儿，布鞋洗过一次水之后，就没以前那么暖和了。冬天马上到了，你趁着放假回家拿吧。

妈……我……

玉儿，我怕你挨冻，趁假期回家一趟吧。

母亲把话说到这份上，我心不甘情不愿"嗯，嗯"几声答应回家。

母亲见到我很开心，拉着我的手上下打量，眼睛笑成了一条线。

我怎么也没想到，一年之后，国庆节前夕，母亲又打来电话，告诉我，她又帮我们全家每人做了一双新布鞋，让我趁着假期回家去拿。

妈，家里两双布鞋还新着呢，你……

玉儿，妈老了，趁着还能做，所以……

妈，做那么多布鞋有什么用呢。以后……

玉儿，妈今天晚上睡下，不知道明天还能不能起床呢。妈百年之后，就没人帮你做布鞋了！

妈，你胡说什么呢。

玉儿，妈的身体一天不如一天……母亲说着说着，喉咙就硬了。

母亲抽泣着说不出话，我才极不耐烦"嗯、嗯"几声答应回家，于是母亲欢天喜地挂了电话。

国庆过后一个月左右，我去 A 城出差，正好从家门口经过，我便想着顺道去探望一下父母。为了给父母一个惊喜，我没有事先告诉他们。赶到家门口时，刚好是傍晚，走到门边的时候，听见母亲说，老头子，这些年

舌尖上的刺刀

难为你。你一个大男人成天弄这些针线活，想想这些我心里就难过。都怪这该死的手……你呀，别难过了！怪只怪我笨手笨脚，做得太慢了，要不你也能快一点见到玉儿。

我再也听不下去，轻轻地敲响了门。

来了，来了。

玉儿，你怎么回来了？母亲惊喜地叫道。

父亲听见叫声，手一抖，针便顽皮地扎进了父亲拿鞋底的左手，殷红的鲜血立即渗了出来，染红了鞋底。

老头子，你的手！母亲急忙拿过父亲的手，放进嘴里吮着。

原来我两年多没回家，母亲十分思念我。母亲跟父亲说，如果她能做布鞋就好了，这样就可以名正言顺地叫玉儿回家拿布鞋，可以见到玉儿了。父亲听后，要母亲教他做布鞋。那些布鞋都是出自父亲之手。

我恍然大悟，原来布鞋底上的那些血迹是父亲使用针线不熟练，扎伤手指染上的。我的眼睛湿润了。

门内是爱，门外是情

导读：她银牙咬得格格响，手指几乎戳到我的鼻梁上，恨恨地说，我与你无冤无仇，你为什么要害我！

陈小琴再次哭倒在我的怀里时，我的心被一根无形的针狠狠扎了一下。

我帮她擦去眼角的泪，心疼地说，小琴，你真傻，干吗对他这么痴情？

我……我……我……她哽咽着说不下去。

唉！小琴，我本来不打算告诉你，可是实在不忍心看着你这么痛苦。其实……其实……我欲言又止。

她抬起雾一般的眼，不解地望着我。

我深吸一口气，咬咬牙，恨恨地说，吴仁真不是东西！他根本不爱你，他爱的是一个叫洋洋的女孩。

不可能！绝对不可能！

你呀，别执迷不悟了！实话告诉你吧，前天晚上，我在青山公园散步，亲眼看见他跟洋洋搂在一起，那份亲密我看了都生气。

我说得有鼻子有眼睛，她的身子顿时像抽了钢筋的屋架，轰然倒塌。

我抱住她，柔声劝她，一切都会好起来的，明天肯定又是艳阳天。

那次之后，她成了大忙人，我想见她，还得提前预约。见面时，她闭口不谈吴仁。我寻思着，她把自己置身忙碌之中，目的就是冲淡心底的那份痛，我暗暗替她高兴。

时间大约过了一星期，一天，我正在看电视，突然响起"咚咚"的敲门声。我应声而出，门外站着一个满脸伤痕的陌生姑娘。她气势汹汹地冲了进来，对着我就是狠狠两巴掌。

我两眼直冒金星，站在那茫然不知所措。

她银牙咬得格格响，手指几乎戳到我的鼻梁上，恨恨地说，我与你无冤无仇，你为什么要害我！

我捂着火辣辣的脸，跳着脚叫道，你神经病呀！我都不认识你，怎么可能害你！

你不认识我？那你怎么说我跟吴仁在青山公园搂搂

舌尖上的刺刀

抱抱？你看看，你看看我的这张脸，都是小琴那小妖精抓的。

我突然想起前几天的事情，心里一激灵，天啦，闯大祸了！怪不得小琴成天没空，原来是为了寻找洋洋忙碌！而洋洋是我信口胡诌的一个人！

看着洋洋脸上纵横交错的伤痕，我很内疚，真诚地向她道歉，请求她的原谅。

原谅？我要是无缘无故把你的脸抓成这样，然后对你说"对不起，请你原谅我"，你能原谅我吗？告诉你！我要控告你故意伤害罪，你等着法庭的传票吧！

我慌得不知如何是好，拉着她的手，恳求她听我把话说完。我一口气把事情的原委一五一十地告诉她，我这样做实在迫不得已，我不想看着我的朋友伤心难过。情急之下，凭空捏造一个事实，真的没想到会有这样的后果。

我急忙拿出两千元，让她先去治疗，并表示愿意承担一定的精神补偿。

我好说歹说，好不容易才把她送走。刚想躺下休息一会，门又"咚咚"地响起，小琴春风满面地站在门外，冲着我兴奋地嚷，小芸，这次多亏你，要不然我还蒙在鼓里呢。我把那个小妖精狠狠地教训了一顿，看她以后还敢不敢勾引吴仁！

我正想找她算账呢，她倒好，主动送上门来。我正想责备她做事太鲁莽，可当眼睛触到那张春风满面的脸时，到嘴的话又被我硬邦邦地吞进肚内。我只是淡淡地说了一句，但愿吧！

吴仁以后会好好呵护我，爱我的。小芸，为我祝福吧！

我的心里打翻了调味瓶，五味陈杂。可我不忍心破坏她的好心情，只好强颜欢笑，为她祝福。

小琴带着满足的微笑终于告辞。我的身子像散了架一般，"咚"的一声，铺在床上。

我的手脚还没来得及伸直铺平，"咚咚"的敲门声再次响起，我随手抓过枕巾堵住耳朵。敲门声却一声高过一声，顽强地掀开枕巾，重重地撞击我的耳膜。我被逼无奈，不得不拖着疲惫的身子挪向门口。

门外站着神采奕奕的吴仁。

他调笑道，你真是睡神，大白天还睡得这么沉！一边说一边侧着身子往里挤。

我突然伸出双手挡住他，冷冷地说，你走吧，我不想再看见你。

你？

好好爱小琴吧，她不能没有你。

你……你今天怎么啦？

没什么。你去找小琴吧，好好疼她。

你明明知道我爱的人是你，你……

趁他愣神间，我咬紧牙关，"砰"的一声把门关上。

我靠在门上，泪从眼角吧嗒吧嗒直往下滴。

飘落在雨中的爱

导读：她却固执地认为，她是唯一伴他终生的人，他爱她应该胜过爱母亲。她搬出老得掉渣的问题，气鼓鼓地问他，如果有一天，她跟母亲同时掉进河里，他是

舌尖上的刺刀

先救母亲呢还是先救她？

樊梅花跟儿子、准媳妇游到北京颐和园时，炎炎夏日突然乌云翻滚，倾盆大雨铺天盖地。

她本能地用双手捂住头，等待儿子来到她身边，用宽厚的肩膀，为她遮风避雨。

可是她错了！

儿子丢给她一件雨衣后，箭一般冲到他女朋友的身边，张开双臂为她遮挡风雨。

她没来由地心里一酸，泪水和雨滴赛跑似的，在她的脸上你追我赶。

那泪与其说是伤心之泪，倒不如说是悔恨之泪。

泪眼蒙眬中，一个男人英俊的面庞把她的思维拽到三十年前。

他是她的初恋男友陈枫杨。

那时，他们爱得如火如荼，已经将结婚提上了议程。

可就在结婚前三个月，他找她商量，想带他的母亲游玩北京，了结母亲多年的夙愿。

她稍作思考，便欣然应允。

他们到天安门前看升旗，游故宫，一路上她像个小媳妇般，跑前跑后忙得不亦乐乎，烧红了旁边那些老头、老太太的眼。他的母亲看着她忙碌的背影，眼睛眯成一条线。

当他们游到颐和园时，不知谁惹翻了老天，晴空万里的脸突然乌云密布，一时雷电交加，豆大的雨点铺天盖地而来。旅客们像惊弓之鸟，尖叫着四处逃窜。

她娇小的身子犹如柳条般，在风中左摇右摆。她立在原地，只是本能地想稳住身子，竟然忘了找地方避雨。

直到他冲她叫"快跑"，她才反应过来，习惯性地朝着他的怀抱扑去。

他没有像以往那样急忙护住她，还是侧身一闪，朝着旁边跑去。

他箭一般冲到他的母亲身边，把雨伞的四分之三罩在母亲的头上，自己的身子几乎裸露在雨中。他一只手打着雨伞，另一只手拥住母亲，急匆匆走向十里画廊的过道避雨。

她的心里莫名地泛起一股酸味，忙抬头使劲眨巴着眼，站在雨中忘了挪步。最后还是他跑过来，把她拉到过道躲雨。

她用力甩开他，噘着嘴，独自一个人走到旁边生闷气。

以往他们独处时，她的脸稍有愠色，他会忙不迭地赔着小心哄她，直到她露出笑容为止。这次呢，他对他的母亲时而嘘寒问暖，时而摸摸衣服是否溅湿，寸步不离地守护着，照顾体贴得十分周到到位。完全漠视她的存在，更不用说哄她开心了。

她哀怨地望着他，脸色越来越阴沉。

老天似乎也受了她的感染，脸也越拉越长，雨势有增无减。眼看天色将晚，他们只好抱着遗憾的心情，随旅游团返回。她高一脚低一脚跟在他的后面，心里的委屈似洪水泛滥成灾。路连那些顽皮的石头乘机出来捣乱，拽住她娇小的脚尖不松手。脚崴了！她轻"啊"了一声，身子朝着地上倾斜。

他扶起她，嘱咐她小心一点，又义无反顾踅回到他母亲的身边。

她一瘸一拐走着，脚上的痛朝着心上蔓延。

舌尖上的刺刀

回家之后，她说他只爱他的母亲，其实一点也不爱她。他说他是爱她的，只是百善孝为先，照顾好母亲是他应尽的责任和义务，请她体谅他。

她却固执地认为，她是唯一伴他终生的人，他爱她应该胜过爱母亲。她搬出老得掉渣的问题，气鼓鼓地问他，如果有一天，她跟母亲同时掉进河里，他是先救母亲呢还是先救她？

他说这个问题太无聊，拒绝回答。

两人互不相让，她一定要他回答，他咬着嘴唇就是不吭声。

她一怒之下，抛出撒手锏，不明确表态，分手！

他盯着她看了半天，牙把嘴唇啃出了一道深深的血痕，最后红着眼睛说，分手就分手，谁怕谁呀！

妈，你在后面磨蹭什么呀！儿子不耐烦的声音像一块石头，砸到地上，又反弹跳到她的腿上。她冷不防受到袭击，身子一个趔趄，跌倒在地。

妈，你怎么这么不小心呢！唉！

她望着儿子蹙着双眉的俊秀面庞，心像被谁狠狠捅了一刀，滚烫的泪从眼角涓涓而出。

儿子扶起她，丢下一句"走路当心一点"，又义无反顾又踅回到女朋友的身边。

她望着儿子离去的背影，心想，要是儿子是陈枫杨的儿子，那该多好呀！

拨错的电话

导读：哈……真好笑，竟然说我中了头奖，让我电话查询呢！说这话的时候他心里一直在打鼓，声音里夹杂着一丝颤抖。

喂，电话。她提醒他。

哦。他漫不经心从口袋里掏出电话，可这一迟缓，就成了未接。

她抬起头，谁的来电？

没看呢。把手机随意地往茶几上一丢，继续看他喜欢的电视节目《真实的故事》。

一会之后，电话又不甘寂寞地再次唱起了歌。

电话。她及时提醒。

他马上拿过电话，看见号码时心跳不由加速，用眼角的余光窥视旁边的她，她正目不斜视盯着电视屏幕。他稳稳神，快速按下接听键。

喂，你……你是谁？

哦，你可能拨错了。

拨错电话是常有的事情，她若无其事地笑笑。

神经病！她竟然反问我是谁，世上哪有这样的人？他涨红着脸，语气里满是愤怒。

也许她感觉声音不对吧，没什么不正常的。

嗯，可能吧！他轻嘘了一口气。

你有新的消息，手机像个顽皮的孩子，一刻也不能保持安静。

舌尖上的刺刀

你的信息。

哦，这段时间垃圾信息不断，不看也罢。眼睛却不由自主地斜视着手机的显示屏，他的心一下子提到了嗓子眼上，后悔刚才那话说得太快。要是……要是她不信……后果……后果……

对，我的手机也一样，垃圾信息满天飞。

幸好，幸好她没有好奇心。

停顿了一会，她又好意地提醒，也许这次不是垃圾信息呢，如果是朋友有事找你，急慢朋友就不好了，还是看看吧。

她的好意让他很不安，她是那么善良，那么善解人意，可自己呢？

他感激地看了她一眼，急忙拿过手机查看。

哈……真好笑，竟然说我中了头奖，让我电话查询呢！说这话的时候他心里一直在打鼓，声音里夹杂着一丝颤抖。

是吗？呵呵……真的有点搞笑！她的脸上没有一丝表情，随声附和着。

她竟然那么相信他的话，他开始坐立不安，一向很男子汉的他突然感觉亏欠了她许多，此时眼睛不经意地落到茶几果盘的苹果上，眼中便闪过一丝生动的光，快速地端起果盘，把苹果洗得干干净净，笨拙地拿起水果刀。他把削干净的苹果递到她的手上时，她一脸的灿烂，打趣道，今天太阳从西边出来了。

他一点也不在意她的玩笑，随即幽默了一句，只要你开心，以后太阳天天打破常规，天天从西边出来。

啊，真香！真好吃！

此时他心里的歉疚就一点点减退，愉快地看着她那享受的样子。

她正吃得津津有味，她的电话不甘寂寞地唱起了欢快的歌，看见号码时，她的眼中闪过一丝惊喜。

喂，您好，请问……她故意把声音拖得很长。

哦，先生，你拨错了！

那声音，那声音温柔得让他全身起鸡皮疙瘩。

他正想问问刚才那打错的电话是怎么回事，她突然站起来，亲爱的，我去给你弄好吃的。说完，像只小鸟一样欢快地飞进了厨房。

他张了张嘴，却说不出话来。

饺子跟长线面的战争

导读： 儿子用手指指男人说"你"，回过头又用手指指女人"还有你"，俨然一副老师训斥学生的口气，如果你们其中的一位能包容对方，谦让一点，还会发生争吵吗？

冬至这天，男人跟女人为了吃饺子还是吃长线面吵了起来。

男人是北方人，冬至习惯吃饺子；女人是南方人，冬至习惯吃长线面。男人是公司的业务员，常年在外奔波。结婚以来，每年的冬至不是出差，就是在外应酬。女人冬至在家吃长线面。今年冬至男人刚好在家，男人想吃饺子，女人却仍想吃长线面。于是，男人跟女人像孩子样吵起来了。

舌尖上的刺刀

男人说，饺子。

女人说，长线面。

饺子。

长线面。

饺子！

长线面！

……

男人跟女人你一句，我一句，一声高似一声。高到不能再高的时候，男人的眉头拧成了一条绳，语气强硬起来，嫁鸡随鸡，嫁狗随狗，你是我老婆，当然得听我的。

女人毫不自弱，嫁鸡随鸡，随狗随狗，那页老皇历早已成为过去。现在是新社会，男女半天边。我想怎么做，自然由我自己来决定。

男人说，你怎么一点也不贤惠！贤惠的女人都是以老公为中心，围绕着老公转，而你……

女人抢过男人的话，你好意思说我呀。你也不看看，现在的男人谁不对老婆疼爱有加，凡事都听老婆的。你看邻居张三，把老婆捧在手心里，事事都依着老婆。你再看对面的李四……

够了！我就是我，不要拿别人来跟我对比。你喜欢张三、李四，那好，你去找他们吧。我可以成为你。

你……你……你这个没良心的，你竟然想把我往外推！当初谈恋爱时，你是怎么向我承诺的？你说，哪怕有一天我牙齿掉光了，头发花白了，你依然会爱我，疼我。可是……可是我现在才三十几岁，你……女人的嘴唇哆嗦着，泪在眼眶里转着圈。她别过头，咬咬牙，把泪使劲逼回肚里。

男人哈哈大笑，你真搞笑呀，谈恋爱的那些情话，你也当真。你去问问，恋爱时，这些话哪个男人没说过，结婚后，又有几个能做到呢？

你……你……女人"你"了半天，竟然说不出一句囫囵话。

我怎么了？我只是实话实说而已。

你……你……你厉害！既然话说到这个份上了，我也不想活在虚假的情感里，我们好合好散吧。

哟，长本事了。竟然用离婚相要挟！离就离，谁怕谁呢。

一直在旁边观战的男人和女人的儿子，此时开了口，你们真是没事找事，这有什么好吵的！

小孩子懂什么，不要掺和大人的事情！男人跟女人几乎是同时训斥儿子。

儿子用手指指男人说"你"，回过头又用手指指女人"还有你"，俨然一副老师训斥学生的口气，如果你们其中的一位能包容对方，谦让一点，还会发生争吵吗？

男人跟女人看着才七岁的儿子，嘴巴像是被什么东西粘住了，张了又张就是发不出声音。虽然是寒冷的天，男人却感觉浑身燥热，他站起来，走到窗前拉开玻璃，深吸一口冷气，凝视着远方。女人低着头，看着自己的脚尖，脚来回摩擦着地面，发出丝丝的声音。

大约一袋烟的工夫，男人收回远方的目光，回到女人身边，用商量的口气跟女人说，我们用抛纸条来决定，好吗？

抛纸条？

嗯。我们在纸条的一面写上饺子，另一面写上长线面，然后由儿子抛掷，纸条落地时，正面是饺子就吃饺子，反之，就吃长线面。

舌尖上的刺刀

你不会想在纸条上做手脚吧？

你放心，不会。男人找来一张纸，在纸的一面写上长线面，写好之后特意拿给女人过目，然后再翻过来写另一面。

女人双手合十，嘴里念念有词。

纸条在男人、女人的注视下，在空中翻了几个跟头，最后飘飘荡荡落在餐桌的角落里。

女人用手按着胸膛，不敢去看，男人也不去看。儿子屁颠颠跑了过去，低下头瞅一眼纸条，惊喜地叫道，妈，你赢了！是长线面。儿子本想拾起纸条，可手太短，只好作罢。

女人得意地看一眼男人，像只蝴蝶飞进了厨房。

女人下午清扫房间时，看见那张纸条孤零零躺在餐桌的角落，她便弯腰随手拾起，她惊讶地发现，纸条的反面也是"长线面"。

第二年冬至那一天，男人刚好又在家。男人要吃长线面，女人却不依不饶要吃饺子，于是，俩人为了吃饺子还是吃长线面又吵了起来。

长字的西瓜

导读：母亲走到村口的时候，驻足朝村西边张望。我顺着母亲的视线望去，看见村西边正好有一个人踮起脚尖朝我们这边张望。

母亲突然病了。

开始母亲病得较轻，吃饭没胃口，每餐吃得很少。我要带母亲去看医生，母亲说，我没病，过几天就好了。渐渐的，母亲看见饭就想呕吐，一天跑几次卫生间。

母亲瘦了，脸上除了皮，就是骨头。我心急如焚，强行拉着母亲去市中心医院。可检查结果一切正常。

拿着检查单，我大骂医生是熊包，母亲病成这样，怎么可能正常呢。我决定带母亲去省人民医院治疗。

母亲死活不同意，跟我说，枫儿，我得的是怪病，只要吃上半个老家漫河的西瓜就好了。

妈，怎么可能呢？漫河的西瓜……

枫儿，你别急，听我说。母亲的话把我的思维带到30年前。

30年前，母亲25岁。鲜艳得如花儿一般。可父亲家里很穷，穷得揭不开锅。有一天，母亲突然病了，肚痛伴随着腹泻，打针吃药无济于事。母亲吃不下饭，父亲问母亲想吃些什么。母亲咬着嘴唇半天不说，在父亲的一再追问下，母亲才期期艾艾地说，我……我想……我想吃西瓜。父亲当然没钱买西瓜，可为了母亲，父亲硬着头皮走进了邻村赵四海的家。赵四海28岁，未曾娶妻。他不喜种稻谷，却偏爱种西瓜，号称西瓜大王。村里人背地里议论他不务正业，谁也不愿意把女儿嫁给他。赵四海听说母亲想吃西瓜，二话没说，挑了最大的西瓜赊给父亲。母亲一口气吃了半个西瓜，然后沉沉睡去。说也奇怪，第二天，母亲的病竟然神奇般地好了。第二年，西瓜旺季时分，母亲害了同样的病，同样医治无效，后来也是吃了赵四海的半个西瓜，沉沉睡去，醒来病就好了。第三年西瓜旺季时分，赵四海抱着一个大西瓜亲自送上门。父亲用怪怪的眼神看着赵四海，瓮声

舌尖上的刺刀

瓮气地说："赵四海，我可没钱买西瓜，你抱回去吧。"赵四海讪笑着说："三哥（父亲在家排行第三），嫂子每年这时候会生病，我想……我想……""赵四海，你……"父亲的话还没有说完，母亲从里间走了出来，白了父亲一眼，转身甜甜地叫声"四海哥"，接过西瓜，连声道谢。说也奇怪，那年母亲没生病，以后每年西瓜熟了，赵四海定会抱着最大的西瓜，出现在我家的门口，母亲从此再也没有得过那种病。曾听人说，赵四海跟母亲曾是恋人，母亲的父母嫌赵四海不会种田耕地，极力拆散了他们。赵四海为了母亲一直未曾婚配。不料，父亲50岁那年，因心肌梗死，撒手西去。去年冬，有人撮合母亲跟赵四海，我嫌丢人，强行把母亲接到城里。没想到……

枫儿，现在你总该相信了吧。

妈，巧合而已。漫河的西瓜……

枫儿，你是存心不想妈的病好，对吧？

妈，你别生气。既然漫何的西瓜能治好你的病，那么其他地方的西瓜一样可以治好你的病。我去买西瓜。

枫儿，我说的是漫河的西瓜……

妈，西瓜都是一样的。我不顾母亲的反对，买了一只特大的西瓜回家。我怎么也没想到，母亲一口西瓜入肚，稀里哗啦呕吐得更厉害了。

母亲喘息着说，漫河的西瓜是世上独一无二的，她的病只有漫河的西瓜才能治好。我实在没辙，只好把母亲带回了老家——漫河。

母亲走到村口的时候，驻足朝村西边张望。我顺着母亲的视线望去，看见村西边正好有一个人踮起脚尖朝我们这边张望。

我不假思索，脱口而出，妈，那是谁？

母亲答非所问，枫儿，快到家了。

我们还没走到家门口，嫂……嫂子，你……你回来了。我忙调转头，赵四海抱着一个大西瓜，站在我们身后，大口地喘气。

四海，刚回，还没进家门呢。四海，你怎么知道我想吃西瓜？

赵四海用手挠挠头，嘿嘿地笑。

母亲接过西瓜，失声叫道，四海，西瓜上怎么……怎么全是字呀。

西瓜上密密麻麻全是"秀英"（母亲叫吕秀英）两个字，我把询问的眼光投向赵四海。他躲开我的眼光，讷讷地说，嫂……嫂子，那字……那字是自己长在西瓜上的。

真的？

嗯。嗯。嫂……嫂子，你瘦了，是不是病了？

四海……母亲的喉咙硬了。

母亲吃了西瓜之后，病果然好了。我望望神清气爽的母亲，再瞧瞧写满"秀英"两个字的西瓜皮，愧疚感油然而生。

一场风花雪月的梦

导读： 陈雾急忙转身，阻止少年不要上来。突然发现少年的身后追着一个披头散发的女人，那女人冲着少年哭喊，你这个没良心的，你害得我好苦，害得我有家

舌尖上的刺刀

不能归，今天我跟你拼了！

陈雾近段总觉得身体不对劲，全身轻飘飘的，看什么都不顺眼，吃不下饭，睡不着觉，烦躁极了。

陈雾的老公好心好意劝她去看医生，她却没好气地冲老公大吼，你离我远一点，我的病自然就好了！

老公一头雾水，一脸迷茫地望着她，嘴张了又张，却说不出半个字，耷拉着脑袋走开了。

陈雾白天不吃，晚上又失眠，不久便卧病在床，以至于昏迷不醒。

一股浓郁的花香，穿过窗户扑鼻而来，床上的陈雾突然醒了，身上的不适感竟神奇般地消失了，她急忙翻身下床，闻着花香推门而出。

陈雾的眼前，出现好大一片花海，好香呀，她忘情地扑入花中，贪婪地呼吸。如果身边还有一个帅哥陪伴，那该多好。

陈雾一边想着，一边抬头朝远方眺望。眼前不觉一亮，不远处，一位二十来岁的青年，玉树临风立于花海之中，她的心狂跳不已。

少年发现陈雾时，满脸春风奔了过来。

嗨，你好，美女！少年微笑着招呼。

美女？花海中另有其人？陈雾忙四处寻找，除了花神在窃窃私语，再没别人．

我叫吴仁，美女的芳名？少年一边笑着，一边绅士般地伸出手。

陈雾慌忙伸出玉手，没有想到，少年握住她的小手，双眼热辣辣地盯着她，久久不愿松开。一股热流霎时涌向全身，她不由脸一红，忙用力挣脱。

陈雾的羞涩似一道美丽的光环，紧紧吸引着吴仁的双眼。你真美！真乃人间尤物。吴仁不停地赞美着。这些溢美之词很让陈雾受用，几分好感油然而生。

陈雾的表情慢慢地自然起来，少年呢，跟陈雾好像久别重逢的老朋友，聊得很是开心。

看着少年那么兴趣盎然，陈雾一头雾水，怎么也想不明白少年为何跟自己这般投缘？只是微笑着不言语。

聊着聊着少年竟然说，他对陈雾一见钟情，她就是他的梦中情人。陈雾吃惊地睁大眼，不相信地看着少年，疑心是自己的耳朵出了毛病。

少年对陈雾这一吃惊举动视而不见，只是深情注视着她，诉说着自己的爱慕之情。

陈雾被少年看得脸红心跳，如果时光倒流十年该多好呀！只可惜……陈雾叹一口气，幽幽地打断少年的话，别胡说！

少年一脸的认真，这些话都是发自内心，我就是喜欢你，你就是我梦中千百回寻觅的那个人。

净说梦话！我们根本不是同一年代的人，陈雾又是一声长叹。

事在人为！在我的心目中，你就是我的天使，这辈子非你不娶！

少年自顾自地描绘着未来蓝图，两人每天手牵着手，漫步在人生的大道，情意缠绵地说着悄悄话。

陈雾曾经向往的就是这种浪漫生活，可一场婚姻，把自己的美梦击得支离破碎，一个不解风情的老公，一潭死水一般的生活，她受够了，真的受够了！她要拯救自己，找回自己想要的生活。而眼前的少年正好能帮自己圆梦。

舌尖上的刺刀

　　陈雾的意识开始模糊了，她不再是有夫之妇，还是一个美丽的少女，她陶醉在少年甜言蜜语里，忘情地扑入少年的怀中。

　　陈雾疯狂地爱上了少年，少年的一切左右着她的思绪，她爱他胜过爱自己。

　　可惜好景不长，陈雾发现少年对自己的热情逐渐变冷。一次，竟然为了一件小事，对她大发雷霆。陈雾很是委屈，少年不但不哄劝，反而瞪着那双曾经让陈雾心动不已的眼，你以为你是谁呀，也不拿镜子照照！

　　陈雾伤心极了，止不住放声大哭。

　　第二天，少年涎着脸给陈雾道歉。为了表示自己的歉意，特意陪陈雾一起去爬山散心。

　　陈雾的心情陡好，一切的不愉快烟消云散。一路上，他们谈笑风生，说不完的知心话，道不尽的绵绵情。那个浪漫多情的少年又回来了，陈雾欣喜不已。

　　少年提议，他们爬山比赛，看谁最先爬到山巅。陈雾并不示弱，娇气道，比就比，谁怕谁呀。

　　陈雾在前面跑，少年笑嘻嘻在后面追。

　　陈雾率先爬上巅峰，正准备炫耀，抬眼一看吓了一跳，这个山巅地盘窄小，最多能容纳两个人。另外一边是悬崖陡壁，太危险了！

　　陈雾急忙转身，阻止少年不要上来。突然发现少年的身后追着一个披头散发的女人，那女人冲着少年哭喊，你这个没良心的，你害得我好苦，害得我有家不能归，今天我跟你拼了！

　　她生怕疯子伤了毫无防备的少年，正要提醒少年注意。那疯女人此时也发现了陈雾，她立即停止追赶，紧张地冲着陈雾摆手，快，快下来，他不安好心，肯定是故意设计害你。

一切来得太突然，陈雾来不及思考，身子已像树叶一样飘飘忽忽从悬崖上往下坠，凄凉的尖叫便在山谷中回荡……

"爸爸，爸爸，妈妈醒过来了，妈妈醒过来了，……"耳边传来女儿的惊喜声．

陈雾全身像散了架，艰难地睁开双眼。

"妈妈，你已经昏迷一天一夜，好吓人呀，爸爸都急死了。现在好了，你终于醒过来了。"女儿脸上流淌着喜悦的泪水。

陈雾的眼前出现一张疲倦而又憔悴的脸，布满血丝的眼睛正关切地注视着自己。

陈雾忍不住一阵心酸，泪从眼角一滴、二滴、三滴……慢慢地变成一条小溪，顺着脸颊滚滚而下。

我家来了新保姆

导读：妈妈的言下之意就是，一周后，她就要去上班了。我嘴角挂着冷冷的笑，瞪她一眼，扑进妈妈的怀里。心想，不出三日，我定会让她哭着跑出家门。

爸爸垂头丧气推开家门时，妈妈灿烂的笑脸立刻堵满了乌云。她长长地叹口气，掐一把我肥嘟嘟的脸，幽幽地说，都怪龙儿过于刁钻，要不是赶跑了九个保姆，事情怎么会落到今天这地步。

爸爸说，事已至此，有什么办法呢。

舌尖上的刺刀

正当爸妈一筹莫展之际，爸爸的电话响了。电话是家政服务公司打来的，告诉爸爸已经找到保姆了。妈妈的脸立刻大放光彩，一把把我抱了起来，龙儿，这次要乖乖的，绝不能再惹出事端哟。

我不置可否，一脸坏坏地笑。

我当然不会很乖，这个不能全靠我。要怪就怪我太爱妈妈了，我才不想她去上班呢。

第二天，新来的保姆正式来上班。她今年五十六岁，看上去却像四十出头的人，白色的毛衣外套一件黑色的马甲，脸上挂着淡淡的笑，整个人看上去特别清爽可亲。妈妈亲热地唤她阿姨，告诉她，工作就是负责我的生活起居和一日二餐（中、晚餐）。给她一周时间适合环境。

妈妈的言下之意就是，一周后，她就要去上班了。我嘴角挂着冷冷的笑，瞪她一眼，扑进妈妈的怀里。心想，不出三日，我定会让她哭着跑出家门。

我削尖脑壳寻找她的弱处，我发现她特别爱清洁，就算是一只苍蝇从眼前飞过，她都会皱半天眉头。我立刻有了主意，第二天中午吃饭时，我趁她不注意，突然张开嘴，嘴里的饭菜在空中划了一道漂亮的弧线后，落入她的碗里。

妈妈抡在巴掌狠狠地打我的屁股，一边打一边说，这孩子……这孩子，气人！

我怎么也没想到，她一把抱过我，笑着说，孩子的口水没经过污染，可甜啦，我就是喜欢吃孩子的口水饭。

妈妈懵了，嗫嚅着嘴说，阿……阿姨……

无论我搞什么恶作剧，她都不计较。而且她相当勤快，竟然把我家的早餐也包了。每天天刚蒙蒙亮，她赶过来做早餐；晚上我们睡下之后，她才轻手轻脚离开。

我还发现，她很喜欢我爸爸，只要我爸在家，她粘着爸爸没完没了拉家常。我妈倒成了局外人似的。有一次，妈揶揄爸，老公，你走桃花运了。爸爸笑着说，神经，阿姨的年龄够当我妈呢。妈妈却板起脸孔，要不是保姆难找，我真想把她赶出家门。

接下来的几天，我想加大力度捉弄她，她总是大度地一笑带过。眼看明天就是第七天了，过了这一天，，妈妈就要去上班，怎么办呢。

第六天晚上，我睡得迷迷糊糊，突然传来妈妈的尖嗓音，老公，快来看，特大新闻：山东的一富翁，一月前被保姆洗劫一空。我乐得笑出了声，有了！妈妈吓了一跳，拍了我一下，这小子肯定在做美梦。

第二天，妈妈买菜回家，发现她视为命根子，一直舍不得戴的金项链不见了！妈妈急得翻箱倒柜，可项链却踪迹全无。妈妈把怀疑的目光投向保姆。看得她脸上一阵红一阵白，语无伦次说，我……我没拿。我暗暗得意，这次她不想离开都难。

果不出我所料，晚上妈偎在爸爸的怀中，声泪俱下控告保姆品行不端正，偷了她的金项链还装得一本正经，真是可恶透顶！爸爸劝她冷静，事情还未水落石出，不能妄下结论。她气极，大叫着爸爸胳膊肘往外拐，说什么明天保姆不滚出家门，她就滚出去。

那晚妈妈失眠了，睁眼等天亮。天边刚露出鱼肚白，她便翻身下床，推开窗户那一刻，她的呼吸急伧，老……老公，快……快来看。爸爸不知道发生了什么，跑到窗前一看，他也傻眼。小区门口不显眼的拐角处，保姆从一台宝马车上款款走了下来。

妈妈立马联想到那则新闻，心里扑通一声，难道保

舌尖上的刺刀

姆就是那个逃窜的小偷？保姆对我的忍气吞声，每天的起早摸黑，妈妈的金项链被盗这些事一下子明朗起来。妈妈不顾爸爸的劝阻，报了警。我长长地吁了一口气，终于又成功地第十个保姆。

我的笑容还没来得及绽放，保姆在爸爸的陪伴下又回到了家。原来保姆很富有，家产几个亿，只因爸爸长得极像她的儿子，她便到我家做了保姆。而她的儿子十年前出国，至今未归。妈妈的眼睛湿润了。

我嗵嗵跑进卧室，从枕头里摸出金项链交到妈妈，一头栽进了保姆的怀里。

月光很美

导读：喧哗立刻停止下来，大家一脸迷茫，怔怔地望着他，不明白他的话是啥意思。恰在此时，他的电话响了。他在口袋里掏了半天，掏出来的却不是手机，还是一张照片。

他说，今晚的月光真美！

她抬头望窗外，外面漆黑一团，哪来什么月光？少顷，她又笑了。

他叫迟蹈，是她的同学。高中时，他恋她，却没有勇气表白。毕业后，俩人天各一方，从此失去联系。20年后，同学聚会又把他们召到了一起。他当着所有老同学的面，向她表白，说他迟蹈这一辈子只爱过一个女人，那就是她，今生今世，来生来世永不改变。那一刻，她望着他，眼珠停止了转动。事后，他们交换了手机号码，加了Q。工作之余，他们迫不及待地钻进网络聊天，狂热劲绝不亚于热恋中的少男少女。

她的目光穿过千山万水，似乎看见皎皎月光下，他正凝望着夜空，一脸陶醉。于是她跟着感慨道，月光真美！

不料，他却是一声长叹，唉，可惜你不在我的身边。

她沉默了，她何尝不想待在他的身边，陪他一起欣赏月光的美呢。

大约一星期后，有一天夜里，他们聊着聊着，他又是一声长叹，昕昕（她的小名），亲爱的，你怎么不在我的身边呢。如果我们每天可以牵手看夕阳，相偎看日出，那该多幸福呀。

你呀，我们有家有室，别空谈这些了。

唉！

别老叹气啦。喂，问你一个问题，行不？

问吧！

不过，你实话实说，我才问。

行，没问题。

如果……如果我想你为我放弃家，你……你愿意吗？

这……

哈……我只是随便问问而已。

昕昕，不开心了？

没呀。

昕昕，如果你真的想我放弃家，我想……我不会让你失望的。

哈……

舌尖上的剌刀

你不相信我?

她当然不会相信。她也只是一时心血来潮,并没有非分之想。

昕,你真的不相信我?

她笑着岔开话题,天南海北乱聊一通。他并不接茬,由着她自话自说。大约五分钟左右,他突然打断她,昕昕,你等着! 说完, "咚" 的一声,头像黑了。

第二天,他没有上网,也没有给她信息,犹如人间蒸发掉的水珠,消失得无影无踪。她苦笑,摇头,望着天空直眨眼,把不争气的泪水逼进眼眶。一个月过去了,两个月过去了,他还是音信全无。她咬牙拉黑了他的Q,告诫自己,这种没有信用的男人,根本不值得留恋。时间一晃就是半年,他的模样已逐渐在他的大脑中模糊。

有一天,她正在追看韩剧,电话响了。是他打来的。他告诉她,他正站在她的小区门口。

他瘦了,双眼深深地陷了进去,人仿佛老了十来岁。她的心莫名地疼痛。

他告诉她,他离婚了。那一刻,她内心五味陈杂,任凭泪水在脸上恣意流趟,以往对他的怨恨,被泪水冲洗得荡然无存。于是,他们抛开了道德伦理,开始了零距离接触。尽管她非常谨慎,可久而久之,敏锐的老公还是发现了她的异样。老公容忍不了她的出轨,毅然决然跟她离了婚。

她跟他顺理成章牵手走上了红地毯。喜宴上,亲朋好友前来祝贺。他的那帮哥们,排着长龙给他敬酒。他来者不拒,端着酒闷头猛喝。她怕他喝醉,笑着为他谢杯。他红着脸拉开她,跟那帮哥们喝得更欢。

酒过三巡,他已不胜酒力,话也渐渐多了起来。偏偏这时候，他最好的哥们刘峰，携一路风尘，远道前来祝贺。刘峰一进门，风风火火端起酒杯走近他，正待开口祝贺，他抢先开了口，峰哥，你那么忙，怎么也赶过来了？

迟弟，你大喜的日子，再忙，我也得抽空前来祝贺。

好兄弟！来，来，干杯。于是他们左一杯右一杯干了起来。很快，他已经醉眼蒙眬，刘峰的口头也开始打结，大着舌头说，迟……迟弟，你……你真……真是艳……艳福不……不浅，我……我真……真的好……好羡慕……

他摆摆手，峰……峰哥，你……你就别取笑我了，冲……冲动……是……是魔鬼！

喧哗立刻停止下来，大家一脸迷茫，怔怔地望着他，不明白他的话是啥意思。恰在此时，他的电话响了。他在口袋里掏了半天，掏出来的却不是手机，还是一张照片。

那是一张全家福，他一手搂着老婆，一手抱着儿子，坐在如水的月光下，凝视着夜空，一脸陶醉。照片的背后，有一行字"月光真的很美"！那是前天晚上他亲手写上。

一条蕾丝底裤

导读：他盯一眼她，猛地弯腰，一把掀开她的裙子，女人的私处在他的面前暴露无遗。她竟然没有穿内裤！他像一头被激怒的狮子，咆哮着，证据确凿，你还嘴硬！

舌尖上的刺刀

萧红正在洗澡，门铃声突然大作。她胡乱冲洗了一下，匆忙套上裙子冲了出来。

来人是老公的好朋友肖虎，他是来找老公喝酒的。屁股还没落座，他的手机响起。他挂了电话，跟萧红说，父亲病了，改天再来找强哥喝酒。说完，匆忙告辞。他刚走到门口，门却自动开了，门口站着萧红的老公李小强。

强哥，我本来是来找你喝酒的，没想到父亲突然病了，只能改天了。肖虎正想开口挽留，他风一般刮出房间，融入夜色之中。

李小强心里没来由地咯噔了一下，他抬头看看妻子萧红，又回过头看看肖虎那匆忙的背影，疾步走进卧室。卧室里，玫瑰红的床单皱皱巴巴，一条性感蕾丝底裤正斜躺在床单的一角，对着他暧昧地笑。他那张白净的脸由白转红，由红转青，再由青转黑，稍感突出的喉结上下急速滚动。他转身冲出卧室，一把抓过萧红的手，用力一推，指着那凌乱的床单，嘴里喷出一团火，你……你竟然跟肖虎偷情！

你……你胡说！

他盯一眼她，猛地弯腰，一把掀开她的裙子，女人的私处在他的面前暴露无遗。她竟然没有穿内裤！他像一头被激怒的狮子，咆哮着，证据确凿，你还嘴硬！

你听我说，肖虎来的时候，我正在洗澡，匆忙间……

闭嘴！既然你们之间没事，我回家，肖虎为什么神色慌张，急忙离开呢。

他不是告诉过你，他的父亲突然病了吗？

他父亲早不病，晚不病，单单这个时候病了，世上有那么碰巧的事情吗？看来不教训教训你，你是不会承认的。顿时，拳头像雨点般落在她的身上。

她不躲闪，也不还手，咬着牙，一声不吭。他恨得牙痒痒，贱货，对奸夫真是情深义重！好，等老子收拾肖虎那混账东西之后，成全你们。他风一般旋出了家门，直奔肖虎家而去。

肖虎，肖虎，你出来！他把门拍得震天响。门吱呀一声开了，门内站着肖虎的老婆小琴。她脸蛋红扑扑的，头发盘成髻，用一个别致的小花夹别在后脑勺，发髻上缀满了星星点点的水珠，身上散发着淋浴露淡淡的清香。她热情地招呼他，是李大哥呀，快，快进来。

他黑着脸瓮声瓮气问，肖虎呢。

她沏好茶，坐在他的侧面，笑着说，刚出门一会。哦，他不是说要找你喝酒吗？怎么……

肖虎这浑小子，我……

他的话刚出口，门突然开了，肖虎回来了！

李大哥，你……你怎么来了？

他腾地站起，冲近肖虎，当眼睛落到肖虎的脸上时，却意外地发现肖虎正用一种复杂的眼神盯着他的老婆小琴，那眼神有疑虑、有惊讶，还有愤怒。他感觉奇怪，忙调头看小琴，他不由得倒吸了一口冷气，小琴的超短裙下，私处暴露无遗，她竟然也没穿内裤。

李大哥，你先等等。我跟小琴说件事情。肖虎说完把小琴拉进了卧室。

他的大脑一片混沌，眼前一会闪现老婆没穿内裤的情景，一会又是小琴没穿内裤的样子，事情怎么会这么巧？肖虎会不会疑心自己跟小琴有奸情，现在是不是正在殴打逼问小琴，自己要不要进去解释一下？这些问题撞击着他，他的头都要爆炸了。

舌尖上的刺刀

他还没理清头绪，肖虎和小琴微笑着从卧室走了出来。李大哥，刚才跟小琴说事，耽搁了一会，不好意思。你找我事吗？

肖虎，我……我……他结巴着一时找不到合适的话，大脑却在急速地旋转，他突然想起肖虎说父亲病了之事，忙说，伯父病了，我过来看看，有没有用得着我帮忙的地方。

父亲在妹妹家突然心脏病复发，现在已经在医院住下了，已经脱离了危险，李大哥，感谢你。

哦，哦，那就好。改天我去医院看望伯父。

回家的路上，他一个劲地埋怨自己，处事太过鲁莽，如果老婆跟肖虎真的没有奸情，自己那样殴打老婆，老婆怎么会受得了。老婆现在怎么样了？他的心立刻提了起来，恨不能脚下生风，立马降临在老婆的跟前。

老婆不在卧室，不在厨房，也不在洗手间！他把房间翻了过来，还是没有老婆的踪影。他冲进卧室，抓起仍斜躺在床上的那条性感蕾丝底裤，用力摔到地上，狠狠地踏上一脚。

深夜里绽放的杜鹃

导读：香茗突然一机灵，老公这是拿花暗示自己不再鲜艳，他已没有激情才会这样。一团怒火陡地窜上她的心头，她尖声叫道，嫌弃我是黄脸婆，直说呀，拐弯抹角拿花来说事，你……你像个男人吗？

第二辑　敲错门的玫瑰

香茗盯着电视前鼾声均匀的老公，足足看了几分钟，然后摇头叹气，一连声说，像！太像了！真的太像了！

香茗的老公靠在沙发上的头轻晃了一下，突然醒了，伸了一个懒腰，睁着蒙眬的双眼，吃惊地问，香茗，你在叹气？

太像了，真的太像了！

什么太像了？

唉！香茗又是一声长叹。

十五前，也就是香茗结婚的那一年。新婚宴尔，小夫妻十分恩爱，晚上一起看电视，俩人都嫌沙发太长，总喜欢搬一条凳子，俩人挤在一起，身子紧紧地贴着对方，那份亲密就算是神仙也会艳羡。

那时，条件比较艰苦，他们夫妻住的是单位分的简易房，家里没有卫生间。拉撒只能往公用厕所跑。

一天晚上，香茗肚子不舒服，急忙往厕所跑，她的老公屁颠屁颠地跟在后面追。回家经过一同事家门口时，同事家的门刚好被风吹开一条缝，顽皮的香茗半蹲着身子，悄悄往里窥视。瞬间她的眼珠子被定格，半蹲的身子也生了根。

香茗的老公感觉奇怪，忙凑上前伸长脖子往里瞧，房内的两夫妻分坐在沙发的两端，男的跷着二郎腿靠在沙发上，双手护在胸前，张着嘴，嘴角有亮亮的东西在闪烁，头不安地左右晃动，看样子睡得正酣。女的呢？靠在沙发上，眼睛半睁半闭，身上堆着一件未织完的毛衣，头像鸡啄米似的，手机械地有一针没一针地编织着，不用说，她正遭受瞌睡虫的袭击，努力驱赶才没有入睡。

香茗的老公忙拉一把香茗，悄声说，快走，同事发现我们在偷看，面子上肯定过不去。

舌尖上的刺刀

回家之后，老公过来拥抱香茗，她竟然一反常态，巧妙地躲开了。老公不解，问她怎么了。她抬起头，神色很忧郁，呆望着老公足有几分钟，幽幽地说，同事他们怎么一点也不像夫妻。少顷，她的声音提高了几分，小峰，你告诉我，多年之后，我们会不会也像他们一样？

老公长长地吁了一口气，用手指点一下她的头，调笑道，小样，杞人忧天了吧，我们深爱着对方，怎么可能像他们呢，你一百二十个放心吧！同事他们肯定是父母包办，没有感情基础的。

真的吗？

当然是真的。不信你去打听打听。

香茗真跟这事较上了劲，到处找人打听。果如老公所说，同事夫妻果真是父母之命，媒妁之言撮合而成！她心上的石头落了地。

唉！我真傻！当初怎么没想到，同事比我们大二十岁左右，那年代谁不是父母之命，媒妁之言呢！

香茗本以为老公会羞愧，没想到他伸了一个懒腰，一脸灿烂地笑。

你……你还有脸笑！香茗气呼呼地说。

我终于等到这一天了！老公一脸的得意。

你……你……你什么意思呀！

香茗气，老公更开心，精神抖擞地站起来，泡了一壶茉莉花茶，给自己倒上一杯，自顾自悠闲地品着。

香茗气得嘴唇发紫，你……你……你成心气疯我，对不对？

香茗的老公并不接话，还是把茶几上一盆开得正艳的杜鹃移到中间，笑着问，香茗，这花开得鲜艳吗？

香茗突然一机灵，老公这是拿花暗示自己不再鲜艳，他已没有激情才会这样。一团怒火陡地蹿上她的心头，她尖声叫道，嫌弃我是黄脸婆，直说呀，拐弯抹角拿花来说事，你……你像个男人吗？

香茗，你先别发火，听我说。

香茗，自从我们有了孩子之后，你把心思全部放在孩子的身上，把夫妻间的感情抛到九霄云外。我多次暗示，你置之不理。我无可奈何，突然想起十五前晚上的那一幕，心生一计，便装着假睡，让当晚的情景再现，没想到果然奏效。

香茗的老公意味深长地说，香茗呀，爱情跟这盆杜鹃一样，你用心呵护，滋润它，它就娇艳无比，反之就会枯萎，甚至死亡。

香茗的脸刹那间飞上一片红霞，粉拳雨点般擂向老公，你真坏，竟然这么捉弄我，害我担惊受怕！

老公捉住香茗的双手，傻瓜，我怎么舍得让你担惊受怕，我还要疼你一辈子呢！

茶几上的杜鹃开得更艳了，浓郁的香气充溢着房间的每一个角落。

家有娇妻

导读：没想到……他话还没说完，门吱呀一声开了，林一凡的老婆回来了。她扫一眼餐桌，秀眉即刻皱得像小山，不满地嚷，一凡，你一个大男人，仗着一点小病，班不上倒也罢了，饭也不做？！

舌尖上的刺刀

回到家，我看老婆不顺眼。老婆每天把家收拾得整齐有序，我觉得她像个傻子，只知窝在家里，一点情调也没有；老婆对我百依百顺，我觉得她没有个性，像个木偶；老婆节俭，我嫌老婆老土，不会享受生活……反正我看老婆就是一个字"烦"。老婆很委屈，常暗自落泪，我不但不心疼，反而嫌她没用，没有志气。甚至动了想跟她离婚的念头。

到单位，我看林一凡不顺眼，他笑，我觉得他笑里藏刀；他愁眉不展，我就觉得他故作深沉。他像我眼中的一粒沙子，我恨不得能把他抠出来，敲得粉碎，狠狠地踩在脚下。

活该林一凡倒霉，他只是一个小小副科，是我的下属。我寻找一切机会给他制造小鞋，弄得他疲惫不堪。

林一凡一头雾水，他弄不明白我怎么会这么对待他。无论我怎么整他，他敢怒还不敢言，任由我折腾。

这样大约过了一个月，林一凡终于病了。可是我并不想善罢甘休，我决定乘胜追击，彻底打垮他。下班之后，我以关心为名，特意买了一些水果，前去探望他。

前来开门的是林一凡，他喘着粗气，脸像抹了一层淡淡的胭脂，脚步有一丝零乱。一夜间他憔悴了不少，他正发着高烧，看样子病得不轻。

他看见我时，略一怔，急忙换上一副笑脸，把我请进家中，晃着身子，抖着手端上茶杯去泡茶。我怕他摔倒，急忙出声制止，我又不是外人，不用忙活了，快坐下吧。他喘息着坐到一旁，感激地看我一眼，硬着喉咙说，处长亲自来看我，我……我……

我嘴巴机械地动着说应该的，眼睛却忙碌地在室内扫来扫去，心里在想，林一凡病得这么重，怎么一个人在家？他似乎猜到我的心思，讪笑着说，老婆一直在家，刚有事出门一会。

没想到……他话还没说完，门吱呀一声开了，林一凡的老婆回来了。她扫一眼餐桌，秀眉即刻皱得像小山，不满地嚷，一凡，你一个大男人，仗着一点小病，班不上倒也罢了，饭也不做？！

他的脸更红了，干咳一声，强撑着站起来，指着我介绍，这是我的处长，张处长。

他的老婆此时才看见我，愣了一瞬，随即不冷不热地跟我招呼一句，之后甩下一句"你们聊"，一个优雅转身，闪进卧室不见了。我觉得很没面子，连忙告辞，逃也似的离开。

林一凡病好来上班时，我对他的态度有了改变。我以前看他不顺眼，缘于那次晚会上看见了他的老婆，他的老婆非常漂亮，而我的老婆却长相平平，我心生嫉妒而致。现在知道他的老婆对他那么凶，我的心里平衡了很多。只是我弄不明白，他老婆为什么要那样对他呢，我决定找个机会弄个水落石出。

有一天，我故意说要加班，让他工作到深夜。事后我为了表示歉意，请他喝酒。酒桌上我们天南海北地聊了起来，聊到尽兴处，我冷不丁蹦出一句，林老弟，你的老婆好漂亮，你真艳福不浅。

他一听，立刻住了嘴。红着眼拿过酒瓶，一杯接一杯猛喝。我劝他少喝一点，他对我的话不予理睬，只顾低着头猛喝。我没辙，只好由着他。

他喝着喝着，趴在桌上突然大哭起来。一边哭一边歇斯底里地嚷，漂亮？漂亮能当饭吃，还是能当衣穿？说完又是一阵狂笑。从他断断续续的话语中，我得知，

舌尖上的刺刀

他自从娶了这个漂亮的老婆，整天像个孙子似的，听任她使唤。稍有不如意，她就大发雷霆，这些他都忍了。谁让自己当初贪恋她的美色呢。可是有一点，他无法容忍，就是她拒绝赡养他的父母。他想离婚，可又怕父母承受不起打击，只好忍气吞声。他现在生活在水深火热之中，不知何时才是尽头。

他突然站起来，抓住我的手，眼里满是伤痛，一连声地问我，处长，我该怎么办，我该怎么办呀。

看着他那张被酒精烧红的脸，我的心火辣辣地痛，我想安慰他几句，又不知说什么好。

送走一凡，我急忙往家赶。远远地望着家里客厅里的灯还亮着，自己这么晚还没回家，老婆不知道有多担心。一种久违的感觉涌上我的心头，我不由得加快步伐，朝着家的方向飞奔。

自寻短见的老鼠

导读：我的心被什么东西撞了一下，疼痛感瞬间弥漫全身。我突然冲到老公的前面，劈手夺过垃圾袋。

我跟老公因一些生活琐事，俩人各不相让，正处在冷战阶段。

我怨自己看走了眼，千挑万挑竟然挑了一个小肚鸡肠的男人，萌生了离婚的念头。

老鼠偏偏在这个风口浪尖跳出来作乱，每晚在家里大闹天宫，搞得我更加心烦意乱。我对它们恨之入骨，发誓一定要活捉，剥皮食肉。

我买了粘鼠胶，买了关鼠笼，炒了香喷喷的花生作诱饵，四处撒网，诱捕老鼠。

起初，老鼠们提防着我，围着香喷喷的花生转悠，就是不上当。可几天之后，一只老鼠终于抵挡不住诱惑，小心翼翼兜了几圈，发现没什么异常情况，便大着胆子靠近，刚伸出尖尖的嘴准备大饱口福，"啪"的一声，成了笼中之物。

第二天，我跟老公因活捉的老鼠，终于有了共同的话题。老公提议，用开水烫死，以解心头之恨；我反对，觉得太便宜这家伙了。商量来商量去，最后决定用它作诱饵，它的家族一旦来营救，乘机一网打尽。

晚上我睡得迷迷糊糊，被一阵噼噼啪啪的声音吵醒，心下大喜，老鼠家族上当啦！老公示意我别出声，他以最快的速度冲出去，切断老鼠逃离的所有退路，准备瓮中捉鳖。

借着窗外微弱的灯光，我发现事情并不是想象的那样，前来救援的并不是老鼠大部队，仅一只而已。观其年龄跟笼中的老鼠相当，从外表看，笼中的老鼠娇小，弱不禁风；而笼外的魁伟，由此推测笼内的应该是雌老鼠，笼外的应该是雄老鼠。从冒死来救的情况判断，它们应该是一对小夫妻。

老公正准备打开灯，活捉这只雄老鼠。我拉住他，示意先观察一下再说。

雄老鼠围着笼子乱转，用尖尖的嘴对着笼子四周乱咬，它在寻找打开笼门的突破口，救出爱侣。他的嘴烂了，血一滴一滴顺着嘴角往下掉，可他全然不顾，对着铁笼继续攻击。

舌尖上的刺刀

笼中的雌老鼠，焦虑地望着雄老鼠，冲着它哀婉地叫唤，意在劝阻它放弃，快快离开是非之地，那声音如泣如诉，悠长辗转，扯得我的心莫名地疼痛。

我顿生怜惜之心，萌生了放它们一条生路的想法。没料想，此时雄老鼠突然停止对笼子的攻击，转身窜上了茶几，伸出鲜红的尖嘴，对着茶几上的东西发起疯狂的攻击，能够咬烂的，绝不嘴下留情；咬不了的，也不放过，拼尽全力扫到地下。扫荡完了茶几，它转身跃上了电视机。

老公再也忍受不了，猛地拉亮灯，对它进行追杀。

客厅太大了，雄老鼠跟老公玩起了捉迷藏，一会窜到东，一会窜到西。老公累得筋疲力尽，对它却无可奈何。

笼中的雌老鼠，在笼里窜上窜下，叫声一声高过一声，似在为雄老鼠喝彩，加油。我心底对它们的怜惜一扫而光，发誓一定得想法活捉，狠狠惩罚它们。

我跟老公商量，决定步步为营，缩小追杀地盘，让雄老鼠无处可窜。这招果然奏效，不一会儿，就将它逼入客厅墙角死胡同，老公手中的木棒，毫不留情在它的身上，上下飞舞。雄老鼠弥留之际，拼尽浑身力气，朝着铁笼子移动，身后留下一条血痕。

第二天早上，我惊讶地发现，笼中的雌老鼠也死了，头上血迹模糊。从死亡的症状推测，它应该是自寻短见，用头撞击铁笼子而死。

老公把它丢入垃圾袋，准备连同垃圾一并丢失。

我的心被什么东西撞了一下，疼痛感瞬间弥漫全身。我突然冲到老公的前面，劈手夺过垃圾袋。

我返身走进卧室，拿出精致的首饰盒，从垃圾袋里小心翼翼地找出两只老鼠，用心擦净它们身上的血污，把它们并排放入盒中，抱着盒子出了门。

我来到郊外，找了一处视野开阔的荒地，把它们合葬。

我望着亲手堆起的小坟，大脑回放着这对老鼠经历的生死突变。回头望望我跟老公的现状，泪叭叭叭往下掉。

"小芸，别难过了！"

我吓了一跳，猛抬头，老公不知何时已站在我的身后，伸出手，柔情地帮我擦去眼角的泪。一股暖流瞬时在全身蔓延，我像个孩子般扑进老公的怀里。

逍遥城里寻逍遥

导读：有一天早上，她打扮好正准备出门，小菊突然指着她的头上尖叫，小丽，你……你……你的头上怎么有两个角！

毛小丽天性浪漫，她希望老公担当起老公的角色，同时又扮演着情人的角色。老公笑她不现实，她很郁闷。

郁闷时，她总喜欢毫无边际幻想，要是拥有一个情人，那该多么幸福。可想归想，她不敢轻举妄动，她怕舆论，怕别人在背后戳脊梁骨。可目前平淡如水的生活，让她窒息，她快要崩溃了。

恰在此时，她的好姐妹曹小菊一脸神秘地找到她，告诉她，有一座逍遥城，能够让她如愿以偿。她兴奋不已。

那天晚上她揣着怦怦乱跳的心，跟着小菊朝着逍遥

舌尖上的刺刀

城出发。刚踏入逍遥城，一股浓郁的花香扑鼻而来，她顿觉心旷神怡，对这座城市立刻有了好感。还有她发现这里饭店、娱乐场所，都布置得很温馨，那些场所的名字都涂上了浪漫色彩，专为情侣而生。有些更直接，什么情人酒吧，什么情人俱乐部，什么情人茶吧等等。还有她注意到，这里的夫妻都非常豁达，不会用家庭束缚双方。家庭内的男女都热衷于搞婚外恋，什么脚踏两只船、三角恋、四角恋，五角恋，甚至N角恋，他们玩得风生水起。没人认为这是一件羞于见人的事情，反而认为那是魅力，那是本事。我要的就是这种生活，她在心里欢呼。

她的心蠢蠢欲动，一双媚眼电波频传。此时于枫闯进了她的生活，他高大帅气，他对她一见钟情，她对他也是一见如故，很快，他们打得火热，恋得如火如荼。一段时间后，她嫌不够刺激，她把自己弄得光彩夺目，像只花蝴蝶般在逍遥国里飞来飞去，很快又有一个优秀而又帅气的男人于彦追着她的屁股后面跑，他们跑马似的进入了热恋，恋得热火朝天。她一边跟于枫卿卿我我，一边跟于彦如胶似漆，忙得不亦乐乎。按理说，她应该知足了，可是她觉得还是不过瘾，多情的眼睛，向着男人们发射多情的炮弹。凭着她诱人的姿色，立刻又有男人主动上钩，他们火箭般进入了角色。就这样，她做法一样让情感世界丰富多彩，每天脚踏祥云，过着神仙般逍遥自在的日子。

有一天早上，她打扮好正准备出门，小菊突然指着她的头上尖叫，小丽，你……你……你的头上怎么有两个角！

她急忙跑到镜子前，天啊，浓密的黑发之中，露出两个尖尖的角。她忙用手去掰，可那尖角像生了根一般，纹丝不动。她身子一软，瘫在地上。此时耳边传来小菊的哭泣声，原来小菊也跟她一样，头上也有两个尖尖的角。

她们戴上大帽子，把两个角遮住，跑到大街上打听是怎么回事。大街上好多戴着形形色色帽子的人，尖叫着四处逃窜。她们不知道到底发生了什么，拉住花白胡子的一位老人打听。老人笑着告诉她们，这些逃窜的人，不洁身自好，触犯了道德底线，头上一夜间长出两个尖尖的角。上苍为了挽救他们，准备把他们送到忏悔城里忏悔。

忏悔城？她们异口同声问道。

是呀，忏悔城里设置了三道关卡——踩尖刀、下油锅、过火海。经过这三道关卡，需要耗时七七四十九天。熬过磨难之后，尖角才会自动消失。老者一边说一边指着街右侧的一辆大篷车说，你看，这辆大篷车，就是专为这么头上长角的人准备的。年轻人，以后……

老者还没说完，突然两个穿着铠甲的男人一边嚷着，这里还有两个，箭一般冲了过来，把她们像拎小鸡一般拎起，对着大篷车用力一扔，一声"出发"，大篷车突然腾空而起，小丽惊魂未定，身子失去重心，在车中翻着跟斗，她吓得尖叫起来。

小丽，醒醒，快醒醒！老公轻拍着她。

她睁开眼，忙用手去摸头，还好，头上没角。想起刚才梦中的情形，她的身子不由自主地颤抖。

做噩梦了吧？老公柔情地把她拥入怀中。

嗯，梦中……梦中有人……她忍不住抽泣起来。

别怕，谁欺负你告诉我，我跟他拼命。

舌尖上的刺刀

真的吗？

当然是真的。你是我老婆，我不保护你，谁保护你呢。老公用力拥住她。

幸福像潮水般淹没了她，她把身子倦在老公怀里，暗自想，幸好那只是一个梦。

稻草人

导读：她察觉到了他的异样，舞得更起劲了。趁他陶醉之际，她喘着娇气，飘飘荡荡落在他的肩头，像一个顽皮的孩子，恣意地啄他的脸。

我是稻田里的一颗稻穗，整天面对清一色的姐妹，我觉得生活单调极了。我多么渴望有人冒失地闯入我的眼中，让死水一般的生活荡起些许涟漪。

正当我想入非非的时候，麦田的主人抱着一个稻草人，微笑着来到我的身边，把他安置在我的身边。我的心狂跳不已！

主人细心地为他穿上衣服，戴上帽子，他就一脸严肃地站在那开始履行他的职责。

我不由得抬头细细打量他，他英俊挺拔，风姿绰约，穿一件我最喜欢的红格子衫衣，头顶黑色礼帽，显得格外的绅士。微风吹过，站在摇曳风中的他，衣袂飘飘，身子伟岸挺拔，大有侠士之翩翩风度。我的心像一只顽皮的小兔，欢快地上蹿下跳。

我知道，我中了爱情的毒，不可救药地爱上了他。

他每天面无表情地站在那，手里拿着一根棍子，双眼凝视着远方，像一位忠实的卫士，坚守着自己的岗位，对我却从不正视一眼。

我并不生气，反而更敬佩他，觉得他那严肃的样子帅呆了！也更加爱他了。

我每天痴痴地望着他，我想终有一天，他会注意到我，会被我心底的那一团爱火点燃。也会像我一样为爱燃烧，像我爱他一样深深地爱上我。

可是，几天之后，我的美梦碎落一地。

那天早上，我被一阵清脆婉转的歌声吵醒，急忙擦擦朦胧的双眼，看见不远处，她——只小云雀正挥舞着长袖，翩翩起舞，优美的舞姿让人沉醉。

我突然觉得身子微微摇晃，大惊，忙四下里察看，却发现他的双脚不停地颤抖所致。我以为他夜晚受到寒风的袭击生病了，心疼极了，关心地问，你怎么了？

他对我的关心漠然置之，双眼凝视着不远处，呆板的双眸突然多了一些灵气，里面盈满浓浓的柔情，紧绷着的脸也随着生动起来。那眼神？竟然跟我初次见到他一样，我的心咯噔一下，一丝疼痛在心底漫延。

她察觉到了他的异样，舞得更起劲了。趁他陶醉之际，她喘着娇气，飘飘荡荡落在他的肩头，像一个顽皮的孩子，恣意地啄他的脸。

他一张脸涨得通红，像一根木头似的立在那，任由她在他的肩上撒野。她玩够了，抖抖翅膀飞到稻田中间，恣意地啄着我那还未发育成熟的姐妹。

我妒火中烧，一改往日的温驯，冲着他大声质问，主人让你保护我们，你却看着她任意妄为，摧残我们姐妹，你……你不是玩忽职守吗？

舌尖上的刺刀

他没有一点内疚，反而对我冷嘲热讽，你真无知！她是麦田里害虫的敌人，你竟然不知道？

可是她现在根本就没有捉害虫！你没看见吗？我几乎是对着他在吼。

你怎么可以睁眼说瞎话？

他无原则地袒护她严重地伤害了我。我真的很想提醒他，她是有目的而来，一旦失去利用价值，她就会毫不犹豫地弃他而去。

可是我全身软绵绵的，一点力气也没有，嘴张了几次，却说不出一个字。只是低着头，泪像黄河决堤的水，滔滔不绝。

第二天，主人来到麦田，发现稻田里那些被残害的姐妹，把疑惑的眼光投向他。

他一脸的无辜，一群乌鸦来势凶猛，他奋力搏斗，可惜……他一边说一边抖开被她弄乱的衣服。

我真的很想揭露他，在主人面前告他一状，可嘴里面蹦出来的话却是，主人，为了保护我们姐妹，他已经尽力了。

他对于我的庇护，只是礼节性的说了一句"谢谢"，竟然吝啬得没有低头看我一眼。

我真的很伤心！我恨自己魅力不够，发了疯地生长。我瘦弱的身子逐渐饱满，披上金黄的外衣，浑身散发出醉人的清香，小鸟忘记了飞翔，望着我直咽口水，我一脸的得意。我想，他肯定全对我另眼相待吧。

我发现我错得离谱！他仍然视我为空气，双眼深情地凝视着远方。

她每天一脸灿烂地准时出现，跟他嬉戏之后，一头扎进我的姐妹之中，尽情摧残。

"隆隆……"主人开着收割机走进了稻田，那一天，他望硬了脖子，酸了眼珠，她却再没出现。

他耷拉着脑袋，一脸的失落，我的心似刀割一般的疼。我多么想告诉他，真正爱他的人其实就在身边。只要他低头看我一眼，我就不顾一切地留下来陪他。

我楚楚可怜地望着他，他依然出奇的冷漠，双眼一动也不动地注视着远方。

我的心凉透了，决定随着主人离开这伤心之地。

突然身后传来长长的一声叹息，我赶忙转过身，一张痛苦的脸深深地刺进了我的心，我的心一阵痉挛，身子不由自主地从主人手中滑落。

写到这，我的视线模糊了，手再也无力敲打键盘。我站起身，踱到窗前，望着对面窗前正凝视着远处黝黑天空出神的男人，不由得长长地叹了一口气。唉！十几年了，他还在痴等着那个女孩归来。

我的心一阵痉挛，泪水在脸上恣意地流淌。

老人与鸡

导读： 吴老太一手抱鸡，另一只手拿着装了一些和了水的白色粉末，正慢慢往鸡的嘴里喂。那模样像极了一位慈祥的母亲，正在哄着生病的孩子吃药。

王老太、刘老太和吕老太，洗好字牌，只要吴老太一到，她们立马开战，决一胜负。可左等右等，吴老太连个影都没见。

舌尖上的刺刀

吴老太竟然缺席！这事对于三个牌友来说，无异于天方夜谭！

为什么这样说呢？

吴老太自称风雨无阻老太。她的牌瘾用她自己的话说，一天不摸字牌，手像得了癫狂病，上下左右胡抓乱摸，想让手静止下来，除非剁掉！饭可以不吃，牌绝不能不打！可今天她怎么会缺席呢？

三个老太就这事讨论了良久，终没有结果，最后只好带着疑惑而归。

第二天，三个老太比以往早到十分钟，可左等右等，还是不见吴老太的踪影。三个老太有了一些怨气，这个吴老太也真是，不来也该提前告知一声，也好让她们提前找个人补缺。可埋怨也没用，只好扫兴而归。

第三天，吴老太还是没来。三个老太的心有一些忐忑。吴老太连续三天缺席，这事太不正常了，是不是出了什么事情呢？她们决定去看看吴老太。

三个老太走到吴老太家门口的那一刻，地球似乎突然停止了转动，六只眼睛像六个手电筒，照着吴老太的家！

吴老太一手抱着鸡，另一只手拿着装了一些和了水的白色粉末，正慢慢往鸡的嘴里喂。那模样像极了一位慈祥的母亲，正在哄着生病的孩子吃药。

良久，三个老太才恢复了意识，异口同声脱口说道，吴老太！你……

吴老太这才发现三个牌友，她愣了片刻，随即拍拍母鸡的头，柔声说道，家里来客人了，你先自己玩着。吴老太哄好母鸡，起身跟三个老太招呼道，是你们呀，快，快进来坐。

吕老太快人快语，屁股还没挨着凳子，嘴巴早按捺不住，像机关枪般扫向吴老太，吴老太，你不去打牌，就是为了照看生病的母鸡？你有事，也该跟我们招呼一声呀，免得我们为你担心哟。吴老太，你什么时候……

吴老太等吕老太嘴里的子弹发射完，轻声说，是呀，母鸡病了，我不能丢下它不管。

吴老太，你没发烧吧？吕老太一边说，一边伸手去摸吴老太的头。

吴老太拿开吕老太的手，慈爱地望着不远处的母鸡，给三个老太讲起了有关母鸡的故事。

这只母鸡跟随她已有好几个年头了，它生了多少蛋，孵了多少小鸡，吴老太也说不上来。一批又一批小鸡长大后，吴老太不是送人，就是宰吃了。最后只留下一只小母鸡陪伴着它。可上个星期，那只小母鸡早上出门后，晚上没有回家。吴老太找遍了左邻右舍，翻遍了屋后竹山的每一寸土地，可小母鸡却像被阳光蒸发掉的露珠无影无踪了。吴老太没当回事，一只小母鸡丢了就丢了。可前天早上，她正准备出门打牌，刚走了几步，突然身后传来哀叫声。她忍不住回头看，只见老母鸡匍匐在地，眼睛一开一闭，那样子像极了重病患者，正在生命线上垂死挣扎。她动了恻隐之心，转身给母鸡喂了几口水。母鸡似乎好了一些。她松了一口气，返身准备去打牌，可走了几步，她忍不住回头看。只见母鸡耷拉着头，像一床鸡毛毯子一样，铺在地上。那一刻，她的心像被什么东西撕开了一道口子，火辣辣地痛。她身子突然往左一拐，去了赤脚医生的家。母鸡在她的精心照顾下，已经偶尔能站起来走走。第二天，她习惯性出门去打牌，可走了几步，又神使鬼差回头看，却与母鸡的眼睛撞个

舌尖上的刺刀

满怀。她望一眼空荡荡的家，再看一眼孤零零的母鸡，她的脚像被什么东西绊住，再也挪不动步。

三个老太听完哈哈大笑，吴老太，那只是一只母鸡，又不是你的儿女……三个老太突然意识到了什么，立马住了嘴。

吴老太有三个儿女，二个儿子一个女儿。大儿子有一点智障，一生未娶，上个月丢下她去了极乐世界；二儿子做了富翁的上门女婿，去了美国，已经有十五年没回过家了。小女儿十岁那年出门打工，从此音信全无。

离开男人的女人

导读："砰"的关门声唤醒了她，俊俏的脸瞬间乌云密布，她一声不吭地尾随老公进了家门。她把身子往沙发一扔，冲着老公没好气地说，怪不得女人那么大方，原来是冲着你的面子呀！

广东的习俗，春节期间出门，遇见认识不认识的小孩，都要派给两个"利是包"，意在吉庆，多少没有规定，多则几十甚至上百，少则几元。

初二那天，刘小亚早早地起床，提上大包小包的礼物，兴冲冲地回家给年迈的父母拜年。刚下到四楼，邻居的小孩像只小猴子似的从下面一蹦一跳地跑上来，看见小亚，仰起一张通红的小脸，甜甜送上祝福，阿姨新年快乐。

小亚看着小孩那红苹果似的小脸，心里升起一种异乎寻常的喜欢，特意拿了每个 100 元的"利是包"给那小孩。

春节派给小孩"利是包"，本是情理之中的事，可像小亚这样，派给无亲无故的孩子这么丰厚的"利是包"却是罕见。小亚做梦也没有想到，这个罕见的举动犹如一把利刃无情地刺痛了她。

几天之后，小亚下班回家，爬到三楼的时候，突觉胃不舒服，继而钻心的痛铺天盖地而来。胃病是老病，每次发作都疼痛难忍，小亚包里常年备有治胃痛的药。她急忙拉开拉链找药，可翻来覆去找不着。小亚这才想起早上走得太匆忙，忘了把药放包里了。她忍着剧痛，一只手使劲压着胃部，另一只手扶着楼梯一步一步艰难地往上攀。攀了几个台阶，她已是香汗淋漓，全身虚脱了一般，身子似一坨湿泥，瘫在楼梯上。

你怎么了？哪里不舒服？背后突然传来一个男人关切的声音，来人却是邻居——小孩的父亲。

小亚脸色惨白，汗珠似小溪般欢快地在脸上流淌，人虚弱得无力张开嘴说话。好久才断断续续地说道，我……我胃痛，那声音仿佛来自遥远的天国。

男人急忙掏出手机拨打急救电话，小亚忙摇手制止。她用细若蚊蝇的声音告诉小孩的父亲，老病，家里有备用药，吃几颗休息一会儿就没事了。

男人看小亚那么痛苦，不再顾忌什么，就地蹲下，毫不犹豫地把小亚拽上背，咚咚地朝着五楼跑。

男人安顿好小亚之后，忙着回家。一只脚刚踏出小亚的房门，他的妻子刚好从楼下走上来。看见老公从邻居的房里出来，瞪圆了眼睛，站在原地盯着老公发愣。

"砰"的关门声唤醒了她，俊俏的脸瞬间乌云密布，

舌尖上的剌刀

她一声不吭地尾随老公进了家门。她把身子往沙发一扔，冲着老公没好气地说，怪不得女人那么大方，原来是冲着你的面子呀！

她的老公如坠云里雾里，不解地问道，你在说什么？

装什么蒜？春节时那女人给我们小孩两个100元的"利是包"，难道你忘了？

哦！你说那件事情呀。怎么可能冲我的面子呀，你误会了！

误会？要不是你跟她有染，她会……

她越说越气，犹如一只盛怒的老虎，对着老公狂吼。

小亚吃了药之后，慢慢地安静下来。正闭目养神，耳边突然传来邻居歇斯底里的叫骂声，接着是砰砰摔东西的声音。她不知道发生了什么，连忙起床，冲过去用力地敲门。

门"吱呀"一声开了，小亚来不及张嘴，男人的妻子怒目圆睁，冲近她，指着她的鼻子大骂，你真不要脸！竟然还敢上门……

男人满脸尴尬，急忙冲上前拦住妻子，老婆，你冷静一点，事情并不是你想象的那样……

男人的话犹如火上浇油，妻子那不饶人的嘴更加肆无忌惮，专拣世上最难听的话，什么狐狸精、骚货……

刘小亚气得全身发抖，一个字也说不出来，委屈的泪水早已在眼中打转，她急忙趔回，扑在门上失声痛哭。

恰在此时，电话响了，一串熟悉的号码在眼前欢快地跳跃。要不平时，小亚会毫不犹豫地关掉，心里狠狠地骂上一句，窝囊废，一点出息也没有！可此刻小亚对那串数字倍感亲切，眼前浮现的是一双深情关切的眼，她迫不及待地按下接听键，哽咽着说，老公，我们复婚吧！

"一根针"的故事

导读：母亲火了，指着自己的瘸腿说，我瘸腿都是因为攒钱给你上大学，让你有一个好的前程。没想到，这条瘸腿现在却要毁掉你的家，我没脸回家见亲戚和村民，我……我不如……母亲说着伤心地哭了起来。

刘萧经过多年的打拼，终于功成名就。不但拥有了房、车，目前还是不大不小的工商局局长。

一天晚上，他跟妻子商量，把母亲从乡下接来一起生活。

妻小琴犹豫了片刻，然后说，你刚刚提升为局长，母亲是个瘸子，我怕……

"瘸子"两个字刚蹦出妻的嘴，他从沙发上腾地站起来，红着脸，粗着脖子对妻吼，不准你说母亲是瘸子！

母亲本来就是瘸子……

住嘴！

你不让说，我偏要说，瘸子，瘸子！

"啪"的一声脆响，一记耳光重重地落在妻的脸上，妻捂着火辣辣的脸，睁着盈满泪的眼望着他，嗫嚅着嘴，你……你打我？

谁让你说我母亲是瘸子。

我又没有乱说，你凭什么打我？

这……

离婚！

……

舌尖上的刺刀

走，现在就去离婚！妻步步紧逼。

他深吸一口气，对妻说，我给你讲一个"一根针"的故事。听完之后，你再决定吧！

20年前，在一个落后的山村里，住着一对苦命的母子。那母亲年纪轻轻就守寡，守着儿子没有再嫁。母亲发誓哪怕乞讨也要送儿子读书，让儿子走出山村，过上好日子。儿子读到高三时，母亲为了给儿子攒足上大学的学费，多捉了几头小猪，起早摸黑精心喂养。那几只头猪也争气，长得膘肥体壮，母亲不由得心花怒放。可就在这个节骨眼上，发生了意外。一天傍晚母亲剁好猪菜，端进屋里煮，过门槛时，不小心把别在衣袖上的一根缝衣针碰掉了，那根针刚好掉进猪菜里。母亲急忙顺着针掉下去的地方在猪菜里翻找，翻了半天针的影都没看见。母亲又把猪菜倒在簸箕上，趴在地上，撑开眼睛，把猪菜一根一根扒开寻找，还是白费工夫。母亲最后抓起那些剁碎的猪菜，用力逐一揉、捏，希望那根针扎进她的手上，针还是没有找到。后来，母亲竟然把剁好的猪菜，端到屋后面挖了一个坑埋了。母亲为了不让猪挨饿，摸黑跑到菜地重找猪菜。

他们家的菜地就在山脚下，母亲正专心致志采猪菜时，突然从山里窜出一条菜花蟒蛇，母亲转身就跑，一脚踩空，掉入菜地旁边的水坑，扭伤了左脚。母亲舍不得花钱治疗，自己一瘸一拐采山药敷，从此落下瘸腿的毛病。当时村里人说母亲傻，说猪没那么金贵，就算是吃下一根针，也不会有什么事。母亲却笑着说，万一猪吃下一根针死了，儿子就没钱上大学，一辈子的前程毁了。我用一条瘸腿换取子的幸福，值！

母亲那条瘸腿从此成了儿子心中的痛，儿子暗暗发誓，一定要出人头地，让母亲风风光光过完下辈子。如果别人叫母亲瘸子，他就会对别人恨之入骨，跟别人拼命。

儿子就是你？妻打断了他的话。

是的！刚才你说我母亲是瘸子，我的心里充满了仇恨，所以……小琴，你能原谅我吗？

我可以原谅你。不过有一个前提，你刚刚升为局长，母亲实在有损你的形象，能不能过几年……

我们还是离婚吧。他腾地从沙发上站起来，神情异常激动。

离就离，谁怕谁呢。妻也不示弱。

俩人谁也不让步，最后以离婚告终。

他的母亲知道之后，从乡下连夜赶了过来。让他马上去跟妻子道歉，夫妻重归于好。

他死活不依，对母亲说，小琴不但冒犯了您，而且是一个不孝的女人，我不会原谅她的。

母亲火了，指着自己的瘸腿说，我瘸腿都是因为攒钱给你上大学，让你有一个好的前程。没想到，这条瘸腿现在却要毁掉你的家，我没脸回家见亲戚和村民，我……我不如……母亲说着伤心地哭了起来。

妈……妈……他手足无措，心疼地望着母亲。

母亲擦一把眼泪，说道，现在你家也没有了，我活着还有什么盼头。我……我也不要活了。母亲一边说一边朝门口走去。

他的脸白得像一张纸，急忙扯住母亲的手，声音急促道，妈，我依你，我马上去找小琴，跟她道歉……

恰在此时门无声地开了，小琴流着泪走了进来，扑通一声跪在母亲的跟前。

第三辑　鸦片网络

　　导读：天地悠悠过客匆匆潮起又潮落，恩恩怨怨生死白头几人能看透。是呀，滚滚红尘之中，感情这东西真的太神奇。这一辑，笔者以独特的视角，带领读者走进红尘之中的感情迷宫，揭开感情的神秘面纱。老年人看后，会唤起尘封的记忆，或开怀一笑，或有了另外的感悟；年轻人看后，会从中领悟到感情的真谛，追求到真正属于自己的幸福；未成年人看后，上了一堂生动的情感课，对感情有了初步的认知，不再迷茫。

吻

　　导读：女人的耳根子本来就软，听着听着心就动了。她看着男人的眼睛，问，你真的只是想吻我一下吗？

　　男人爱上了已婚的女人。可男人不管那么多，他爱得热烈而疯狂。

女人是个传统型的女人。她认为女人应该从一而终，她从骨子里反感那种红杏出墙的女人。男人对她的痴迷，她觉得愚昧而可笑。

女人越这样，男人越欲罢不能。他每天给女人信息，嘘寒问暖，表达自己的爱慕。女人看完信息之后，总是面无表情地删掉，从不回男人一个字，哪怕一个"滚"字。

男人忍受不了相思的煎熬，常常借酒消愁。终于有一次，男人在酒精的刺激下，打了女人的电话。男人对着电话又哭又喊，果果（女人的小名），我喜欢你，想你，想见你。

女人的心被男人的哭喊声揉成了面团，她答应见他一面。不过女人不是要接纳他的爱，她要当面义正词严地拒绝他，让他对她死心，拯救他出苦海。

男人跟女人相约于情缘酒家。男人知道女人的来意后，眼眶立刻红了。他吭哧了半天，结结巴巴地说，果……果果，我有一个请求，你能……能不能……让我吻一下？

说起吻，女人心里就冒火。昨天晚上，她本来是跟老公开玩笑，让他以后每天吻她一次。没想到，老公听说之后，眼睛睁得浑圆，问她电视看多了还是言情小说看多了？她一听，心里极不舒服，心想，吻一下有什么呢。想恋爱那阵，不让他吻，他还死皮赖脸缠着，好像每天不吻一下她就活不下去似的。现在倒好呀，已经有几年没碰过她的嘴唇了，每次都是猴急似的爬上来，完事之后就蒙头大睡。这么想着，她就火了，瞪起那双好看的丹凤眼，反问道，不愿意，对吧？不是不愿意，是感觉没必要……如果我觉得有必要呢？反正我做不到！她的牛脾气也上来了，做不到以后就别碰我！老公也寸步不

舌尖上的刺刀

让，不碰就不碰，有什么了不起！然后俩人气鼓鼓头一回背靠背睡觉。

男人见女人半天没说话，嗫嚅着嘴说，果……果果，你……你同意了？男人一边说着一边靠近女人。

别……别过来！我……我……女人一转身，逃也似的出了情缘酒家。

一路上，女人的心有一点乱，奇怪自己刚才为什么没有正言厉色地拒绝男人呢！她脸发烧，心生愧疚。回到家之后，她把昨晚的怨恨一笔勾销，主动跟老公搭讪。老公也不计前嫌，俩人你一言我一语又聊了起来。聊着聊着，女人又神使鬼差把话题转到吻上，撒着娇要求男人以后每天吻她一次。男人立刻变了脸，说她整天想着"吻"、"吻"，真是吃饱了撑的！女人很生气，卷着被子去了书房。

几天之后，男人再次借助酒精的力量，在电话中哭喊着"果果，我真的好想你，想见你"时，女人的心有了一丝丝的疼痛，她犹豫片刻就同意了。女人这次并不是为了拒绝去见男人，她也说不清楚自己有什么动机，只是觉得有必要见男人一面。当男人再次鼓起腮帮子，情切切，意绵绵向女人索"吻"时，女人便对"吻"萌生出无限的向往。不过她心里还是忐忑，男人真的只是想"吻"她一下吗？万一……男人见女人低头不语，又开了口，他说，如果这一辈子能够吻女人一次，就算是死他也情愿。说着说着，男人的喉咙就硬了。

女人的耳根子本来就软，听着听着心就动了。她看着男人的眼睛，问，你真的只是想吻我一下吗？

男人信誓旦旦，真的。

女人又沉默了。男人大着胆子靠上前，伸出手，轻轻揽过女人的腰，低下头，捕捉女人的唇。女人在男人的怀里扭了几下就不动了。

男人没有食言，吻了一下真的放开了女人。

男人吻住女人的那一刻，女人想到了老公，心里便有了负罪感。她回家之后，卷着被子回了卧室，主动偎进老公的怀抱，仰起俊脸，喘气如兰。女人想，只要老公此刻吻住自己，她马上把男人的电话拉进黑名单，永不见他。然而她失望了，老公从始至终没有吻过她。

女人再跟男人见面时，男人还像以前一样，轻轻地揽过女人的腰，低下头，捕捉女人的唇。男人正想放开女人时，女人的双手蛇一般缠住男人的腰，越缠越紧，缠得男人喘不过气来。

迷路的玫瑰

导读：她快速调整好情绪，对着小王俏皮一笑，轻启樱桃小嘴，小王，我可是名花有主哟。这玫瑰……这玫瑰呀，是不是迷路了？

宋小媚走进办公室，一眼瞥见办公桌上放着一束娇艳欲滴的玫瑰。她好生惊讶，谁送的？男朋友？不可能！会是谁呢？

接下来的几天，她每天都收到一束香气扑鼻的玫瑰。这奇怪的现象，引发她强烈的好奇心，她想她必须设法把送玫瑰的人找出来。

第二天，她起了个大早，第一个率先冲进办公室。

舌尖上的刺刀

屁股还没有挨到凳子，小王抱着一束火红的玫瑰，携一路风尘走了进来。

小王，新来的同事。他们除了礼节性的招呼外，从没有交往过。他为什么给自己送玫瑰？

小王看见她时，愣了一下，随即微笑着走向她。

她慌忙站起，小王……

小媚，这么早呀。小王一边说一边把玫瑰递了过来。

她快速调整好情绪，对着小王俏皮一笑，轻启樱桃小嘴，小王，我可是名花有主哟。这玫瑰……这玫瑰呀，是不是迷路了？

怎么会呢。名花有主有什么，就算你已结婚，我也乐意。

温情瞬间潮水般包围了她，她不由自主伸手接过玫瑰。

以后的日子里，她的办公室桌上，每天早上都会绽放鲜艳的玫瑰。时间久了，她看小王时，眼睛无意间多了一些复杂的内容。有事没事，总喜欢拿自己的男朋友跟他对比，比来比去，觉得男朋友哪里都不如他，心里莫名地烦躁。

她再看男朋友时，不是嫌他的鼻子太高，就是嫌他的眉毛太浓、眼睛太大，没有男子汉的阳刚威武。男朋友很吃惊，高鼻梁、浓眉大眼以前都是她向别人炫耀他帅的资本，可如今？他很苦恼，问她怎么回事。她噘着嘴半天不吭声，男朋友磨破嘴皮，她才说，如果他真的爱她，她希望他每天送她一束玫瑰。男朋友松了一口气，笑着说，小媚，你太"可爱"了，每天一束玫瑰，这……这也太浪费了。再说……她把俊脸一沉，不等男友说完，扭头就走。

　　渐渐地，她跟小王的接触越来越多。情人节那天，她的办公桌上99朵火红的玫瑰争奇斗艳，鲜艳得让她窒息。男朋友呢，仅只发来一个信息，五个字"情人节快乐"。她的心瞬时掉进冰天雪地，身子一哆嗦，抖着手敲出两个字"多谢！"。

　　之后，她开始有意无意躲着男友，偶尔见面，她的脸总是阴沉沉的，嘴巴上了锁。男友说她变了。她立刻杏眼圆睁，你嫌弃我了，对吧？那好呀，分手！男友柔声说道，小媚，我并没有嫌弃你，还像以前那么爱你。可是……她抢过男友的话，笑话！玫瑰都舍不得送，你还爱我？别自欺欺人了！男友还想解释，她却不给他说话的机会，冷冷地说，分手吧！男友被逼无奈，只好同意了。

　　她如释重负，三步并作二步跑回家，精心打扮了一番，迫不及待约小王到城南公园见面，她要把这个喜讯告诉他。

　　小王……我……她红着脸，搓着衣角，一时不知如何开口。

　　小媚，什么事？

　　她望着小王那火辣辣的眼睛，深呼吸，俏皮一笑，到嘴的话突然拐了弯，小王，我跟男友定在下周六举行婚礼，到时邀请你……

　　小王脸色陡地一暗，身子微晃了一下，咳嗽几声，嘿嘿一笑，没问题，我一定前去。

　　小王细微的变化尽管才那么几秒，可还是没逃过她敏锐的双眼。她的心里很不是滋味，她临时决定假戏真做，检验一下小王以前说的话是真还是假。

　　那一晚，她失眠了，好不容易才等到第二天上班。

舌尖上的刺刀

她揣着一颗怦怦乱跳的心走进办公室，眼睛不敢看自己的办公桌，鼻孔张到极限使劲嗅。还好，有玫瑰花香！她窃喜，自己没有看错人，小王确实对自己很用情。走到办公桌旁时，她傻眼了，火红的玫瑰，火红的玫瑰正在对面小丽的桌上，多情地冲着小丽频传秋波。

她无精打采走出公司，男友怀抱一束玫瑰迎了上来，哑着嗓子说，小媚，昨晚我整夜没睡，我真该死，我……

小媚望着男友，才一夜不见，他瘦了，双眼深深地陷了进去，似乎老了十岁，她的心像被蜂子蜇了一下。她急忙伸手捂住他的嘴，红着眼说，别说了，别说了……

她突然从男友的手里夺过玫瑰，随手丢进垃圾桶。

回　家

导读：女人心里正堵得慌，又听说弟弟被抓，无异于雪上加霜。女人胡乱地收拾几件衣服，丢下一句"有本事，一周后咱们法庭上见！"

女人躺在沙发上，跟男人说，老公，我想喝茶。

男人头也不抬，对着电视说，想喝茶，自己动手。

你……你……你给不给倒茶？

你没看见我在看电视吗？

你变了，一杯茶都不愿意给我倒，说明现在你一点也不爱我。我真没想到你这么虚伪，恋爱时的信誓旦旦全是假的。

我没给你倒茶，就是虚伪，不爱你了？

是的！如果你爱我，倒杯茶有那么难吗？

你真是胡搅蛮缠！那我问你，你懂得爱吗？如果你懂得爱，我在看电视，你会叫我给你倒茶吗？

好呀，反了你！你说，这茶，你到底倒不倒？

不倒！

真不倒？

是的！

好！好！你不给倒，想给我倒茶的人多的是……

什么意思？

……

俩人正吵得面红耳赤，女人的电话响了，电话是女人的母亲打来的。母亲告诉女人，女人的弟弟跟别人打架，已经被抓起来了，让女人赶紧回家一趟。

女人心里正堵得慌，又听说弟弟被抓，无异于雪上加霜。女人胡乱地收拾几件衣服，丢下一句"有本事，一周后咱们法庭上见！"

女人的娘家离女人的城市将近1000公里，坐高铁需要4小时左右。要是买不到高铁票，坐火车回家，那至少得8个小时。女人很少单独出远门，男人不放心，抓了一把钱放进口袋，尾随女人来到了车站。

女人买的是下午2：30的火车，正常到达是凌晨0：30左右。男人凑上去跟女人说，车上感到孤单无聊，可以给我打电话，也可以发信息。女人不说话，只是抬头对男人翻了一下白眼。男人感觉没趣，可还是硬着头皮陪着女人，看着女人上了车，他才回家。

女人走后，男人把手机的音量开得最大，时不时拿起手机看看，生怕漏掉女人的电话或信息。可女人自始至终没有给男人发信息，更不用说打电话了。夜

舌尖上的刺刀

里 10：00 左右，男人实在忍不住，给女人发信息，问女人累不，车上拥挤不等等，女人不回复。男人又给女人打电话，女人掐断了。男人热脸贴在冷屁股上，可男人不介意，还是坚持每隔 5 分钟给女人发信息。0：30 的时候，男人问女人到了没？男人心想，这回女人肯定会回复他，免得他担心。可是男人错了，女人还是没回他。

男人很担心女人，他立刻给岳母打电话，问女人到家了没？岳母告诉男人，车子在路上耽搁了，要晚一会儿才到家。

男人听说之后，特别紧张，生怕女人有什么意外。他每隔 5 分钟给岳母打一次电话，问女人到家了没？打得多了，岳母就说，小钢（男人的小名），别打了，芸（女人的小名）没事的，你先休息吧。到家了我给你电话。可是男人不睡，他依然每隔 5 分钟往岳母家里打一次电话，直到凌晨 3：00，女人到家了，他才放心。

女人到家后，她的母亲跟她说起男人的事，夸男人真不错，女人没说什么，只是"嗯"了一声。

女人一周后回家，女人没有告诉男人。可是男人还是知道了，女人又没买到高铁票，只好坐火车回家。女人上车后，男人跟上次一样，他怕女人一个人在车上太孤单，每隔 5 分钟给女人发信息，可是女人自始至终没回过男人一个信息。碰巧的是，女人这次回家的车又晚点了，本来是晚上 8：20 到家的，可是到站的时候，已经是凌晨 0：30 了。整整晚了 4 个多小时！女人出站的时候，望一眼伸手不见五指的夜，心怦怦乱跳。此时，她有一点后悔，如果不跟男人怄气，男人肯定会来接她的。

女人提着包正犹豫着坐公交车还是搭的士时，男人突然从天而降，来到女人的跟前，柔声说，芸，你回来了！

女人吓了一跳，吃惊地问，这么晚了，你在这里干吗？

男人搔搔后脑勺，憨笑道，我……我在等你回家。

鬼话！在等哪个狐狸精吧？难怪懒得给我倒茶，原来……

别……

那你说，你怎么知道我今晚回家？

男人一急，说话就结巴，我……我……打电话问……问妈，妈……告……告诉我的。不……不信，你问……问问妈。

晚到了四个多小时，你一直在这里等？

男人不说话，看着女人憨憨地笑。

女人想说什么，张了半天嘴，却说不出一个字。她默默地把包递给男人，跟着男人回家。

是非话吧

导读：如果说前面那些传言有点捕风捉影的话，接下来李菲菲发布的特大新闻却是千真万确的，证实了蓝小雅就是那种骨子里盈满风骚的女人。

蓝小雅衣着光艳地走进办公大楼，漂亮的脸蛋春意盎然，高跟鞋"嘎哒嘎哒"夸张地敲着楼梯。

带着几分得意的声音飘进李菲菲的耳朵时，李菲菲一脸的不屑，神气什么？金玉其外，败絮其中呢。

李菲菲这样说绝不是空穴来风，昨天她经过一家

舌尖上的刺刀

话吧时，看见小雅正笑盈盈地朝里走。到那种地方去的人，无非有三种可能，要么没有电话或者手机，要么经济条件不宽裕，要么就是做了见不得人的勾当。贵为经理助理的蓝小雅前两种绝对沾不上边，那么只有第三种的可能。

小雅的身影一闪进办公室，菲菲就神秘地凑到小芳的耳边，知道吗？昨天我看见小雅满脸春风走进话吧呢。

小芳立即停止手中的活，真的吗？

我亲眼所见，还能有假？她走进话吧时，脸就像盛开的桃花，鲜艳夺目呢。

小芳嫉妒蓝小雅是那种从骨子里嫉妒的，蓝小雅跟她同时进的公司，能耐方面她觉得自己绝对不逊色于小雅。可目前小雅已经贵为经理助理，她竟然连个主任都升不上！真相仿佛瞬间大白了。

小雅进话吧，小芳竟然莫名地激动。马上神秘地凑到小凤的跟前，竟然有意无意添加了一些枝叶，知道吗？小雅为了避开老公的耳目，躲进话吧跟情人煲电话粥呢。小凤又转过脸悄声对背后的小兰说，知道吗？小雅经常躲着老公在话吧跟情人煲电话粥，还经常偷偷地约会呢。小兰又轻声跟对面的小丽说，你知道吗？小雅……

就这样，小雅进话吧的事被大家添枝加叶一传十、十传百，瞬间传遍了公司的每一个角落。蓝小雅却一无所知，仍然是一脸圣洁地在公司出入。

公司里那些羡慕、嫉妒小雅的，再次见到她时心里升起无限的鄙视，哼！有什么了不起，说不定经理助理那位置付出了昂贵的代价！蒙了羞的位置就算是白送我我也不屑一顾呢。

如果说前面那些传言有点捕风捉影的话，接下来李菲菲发布的特大新闻却是千真万确的，证实了蓝小雅就是那种骨子里盈满风骚的女人。

那天李菲菲一脸潮红地跑进公司，喘息着冲着大家急招手，特…特大新闻！大家一哄而上，把她围在当中。菲菲一脸的神秘，你们知道吗？昨天蓝小雅跟情人煲电话粥不过瘾，偷偷地跑去约会，没想到让老公逮个正着，不但脸上挂了彩，更严重的是还被打瘸了一条腿！现在走路时一瘸一拐的，好可怜哦！

大家头凑在一堆，一脸的喜庆，大叫活该！这种不要脸的女人就该好好惩罚惩罚，免得让公司蒙羞！

恰在此时，蓝小雅真的一瘸一拐走了进来，挂了彩的脸竟然毫无羞愧之色，仍然是一脸的圣洁！

"呸！什么东西呀！竟然还有脸神气？""下贱的女人是没有一点廉耻之心的！""真不要脸！"……

蓝小雅的老公气喘吁吁地从后面追了过来，大家便兴奋莫名，伸长脖子等着好戏开演！

每个人把耳朵竖了起来，眼睛死死地盯着那扇紧闭的门，生怕错过精彩的一幕。

奇怪的是，门后却没有传出大家预料的噼噼啪啪打闹声，出奇的安静。有人忍不住踮着脚走近，把耳朵贴在门上倾听。门却吱呀一声开了，小雅的老公小心地扶着小雅，心疼地责备，摔得这么严重，还说没事？快跟我到医院去。

原来小雅早上上班的时候，腿突然抽筋，一不留神一个筋斗从楼梯上栽了下去，不但脸挂了彩，还崴了脚。一瘸一拐走出小区时刚好被菲菲看见。

小雅伤好之后每隔几天照样会春风满面地跑去话吧，因为话吧的老板是她的亲姐姐。

舌尖上的刺刀

离婚闹剧

导读：妹夫说，他跟你妹根本不是一条道上的人，他属于新人类中的理性型，关心国家大事；而妹妹属于封建的保守型，鼠目寸光，生活在一起太累。

妹妹要离婚，这消息犹如晴天霹雳，把我炸懵了。我丢下饭碗就往她家赶。

一路上，我百思不得其解，妹妹、妹夫关系不是挺好的吗？几年前，睿智的妹夫在新街低价买进一个门面，前不久转手赚了几十万呢，妹妹笑得花朵一般，直夸妹夫超理性。生活的日子如日中天，干吗突然要离婚？

妹妹看见我，拉过我的手，泪如雨下，哽咽道，姐，我要跟他离婚。

妹夫冷着脸坐在沙发上，一言不发。

妹，快告诉姐，到底发生什么事情？

姐，我们好不容易才熬出头，过上今天这么滋润的日子，可是他……他却……妹妹难过得说不下去。

我的心往下一沉，难道真应了那句话，男人有钱就变坏了吗？我忙拥过妹，快告诉姐，是不是他欺负你了？

一直沉默的妹夫马上接过话，姐，我哪敢欺负她，是你妹不通情理！

我怎么不通情理了？好不容易赚了一些钱，你非要拿去冒险炒地皮，换了谁都不会答应！

我悬着的心落了地，只要不是婚外情，没什么大不了的事情，一切都可以商量解决。

　　跟你解释多少遍了，你都听不进去，根本不存在冒险的问题，只会赚取更多的钱，你懂吗？妹夫解释说，政府正规划在新开放区开办一个学校，修建政府大楼，几年之后铁路也要横穿此地，到时新开放区会兴旺发达。目前政府正在拍卖地皮，很便宜，才一百多元一平方，几年之后就会翻倍甚至十倍以上。我想把家里现有的几十万拿出炒地皮，可是你妹怎么也不答应，甚至拿离婚威胁我！妹夫越说越气愤，真是不可理喻！

　　我笑了，你们夫妻怎么像个孩子，为了一点小事就闹离婚，不怕别人笑话呀。

　　姐，如果他不改变主意，我真的要跟他离婚！

　　离就离，谁怕谁呀，跟你这种死脑筋的人生活，永远没有出头之日！

　　好！你别后悔！趁着姐在，我们把财产分了。免得我到时落到身无分文，流落街头。

　　他们吵红了眼，谁也不让谁，一个坚决反对炒地皮，一个咬定非炒不可。我实在没辙，给他们出了一个馊主意，暂不离婚，到公证处进行财产公证，属于妹的那份财产，妹夫不许一分一毫。你们看行吗？

　　妹妹、妹夫经过思考之后，觉得这是唯一解决问题的好办法。一场离婚闹剧总算平息下来。

　　妹夫把自己所有的财产拿去炒地皮，几年之后，政府大楼、教学大楼在新开发区拔地而起，县城大小商店纷纷争着往那里迁移，地皮呈直线上涨，升至两千多一平方，妹夫摇身一变成了百万富翁。

　　妹妹慌了，急忙找到我，红着脸求我，她想跟老公和解，取消财产公证。

　　我觉得挺为难的，可又不忍心看着妹妹难过，只好

舌尖上的刺刀

厚着脸皮去找妹夫。

妹夫见到我，很高兴，姐，你来得正好，我正准备找你呢。

找我？

对，经过再三考虑，我决定正式对你妹提出离婚。

我一时语塞，站在那手足无措。

妹夫说，他跟我妹根本不是一条道上的人，他属于新人类中的理性型，关心国家大事；而妹妹属于封建的保守型，鼠目寸光，生活在一起太累。

妹妹哭红了双眼，死活不肯离，她说她爱妹夫，阻止也是一番好意，怕万一失手，苦了孩子。

我让妹夫别冲动，妹夫态度坚决，不肯让步。

我火了，冲着妹夫怒道，你再这么固执，你们的事我也不管了，好好想想，离婚之后孩子怎么办吧！

妹夫沉思了半晌，不离婚也行，不过必须答应他的一个条件，以后他拿钱投资把生意做大做强，她不可以以任何理由要挟、阻止。

妹妹连连点头，急忙拿出以前的财产公证书，当场撕得粉碎。

回家之后，我看老公左看不顺眼，右看感觉不对劲，总觉得他缺少了一点什么。

老公嬉笑说，是不是嫌我没有超前意识，也想跟我闹离婚？

我扑哧一声笑了，你呀，别贫嘴了，赶快跟妹夫取经去。

哥不是传说

导读：一阵急促的铃声把琼从梦中吵醒，琼翻了一个身，嘟哝了一句，又进入了梦乡。可那铃声并不善罢甘休，发疯似的再次尖叫，琼一惊，伸手按下了接听器，没好气地吼道"喂！"

老公外出旅游，琼开心极了。

门"砰"的一声关上，琼急不可耐地扑到了网上，她要告诉鲨一个天大的好消息，他们可以放心大胆地在网海里自由自在畅游了，然鲨的头像却是灰色一片，她有点失落。

失落也就是那么一瞬，琼的嘴角又漾起了笑容，她掏出手机，一条带着痴情的信息飞向了远方城市的鲨，亲爱的，网海之中有一位佳人正痴痴地想着你。

信息发出之后，琼翘首含情以待。

信息的提示声打断了她的甜蜜思绪，琼忙查看，心凉了半截，亲爱的，我在外面出差，今天绝对赶不回来，明天见，想你。

琼失望极了，盼星星盼月亮，好不容易盼到这么一天，可是……她委屈万分。

琼眼中含泪，不甘心一条信息又从指间飞出，唉！本以为今天能跟亲爱的共浴爱河，没想到……天不怜我矣！

琼其实是个很封建的女人，结婚之后天天待在家里相夫教子，乐不可支。姐妹们常戏说，落后的一代，没

舌尖上的刺刀

有一点浪漫情调。琼只是笑笑，不置可否。

哪个女人不渴望浪费？琼是女人，还是美艳如花的女人呢！说一点也不想追赶潮流，绝对不是真心话，只是琼不想染指风花雪月，影响家庭，落下骂名。

闺中好友一次悄悄地附着她的耳朵说，有一个好地方，既能让你品尝浪漫情调，又不担任何风险，愿意尝试一下吗？

琼好生奇怪，这种好事打着灯笼都难找呢，她便有点跃跃欲试。

好友便为她指点迷津，网个网络情人疯狂一回。

琼听后连连摇头，使不得，绝对使不得，玩火自焚后悔就来不及了。

话虽这么说，琼还是抵不住好奇的诱惑，偷偷地游进了网海之中。只是她告诫自己，千万不可造次，绝对不可网什么网络情人，把自己的那颗心尘封起来，冷眼在网海中张望。

琼发现网络上像她一样清高冷漠的女人很少，她们一个个笑靥如花，身旁总少不了帅哥相伴。玩 UC 时，有些帅哥竟然在房间的公麦上当众表白爱，一辈子会呵护对方，琼的心里呀便生出无限羡慕。

琼私下里偷偷地问麦上美女，你们两情相悦，不怕伤害家庭吗？美女娇媚一笑，私下里有君子约定呢，只在网络上相守，绝不影响对方的家庭，奢望的只是情感上的慰藉。

琼便大着胆子试着放开自己，鲨恰在此时出现在她的眼前，他儒雅有礼，英俊潇洒，琼对他有了好感。琼如兰的气质深深地吸引了鲨，鲨对琼倍加呵护。有一次，琼感冒了，发着高烧，鲨知道之后硬是逼着任性的琼马上去看医生，在视频前亲眼看着她把药吃下才放心。而琼的老公呢，竟然对她的感冒很无所谓，反而责备她这么大的人，竟然不会照顾自己！琼的心里打翻了五味瓶，看着鲨那关切的眼神，琼感动得不知说什么好，身不由己对鲨敞开了那尘封的心扉，尽情地享受那份被疼爱的感觉，初恋时的感觉似乎一夜之间回来了！她真的陶醉了。

网海里琼跟鲨你情我爱，好不温馨。他们相约在网络中相爱一辈子，绝不走入现实，影响彼此的家庭，伤及无辜。万无一失之际，才会在网海里缠绵，以免节外生枝。

望着鲨那毫无生气的头像，琼长长地叹了一口气。

心灰意懒的琼无心待在网上，关上电脑躺在床上折腾那无辜的宽大席梦思，折腾累了，迷迷糊糊进入了梦乡。

一阵急促的铃声把琼从梦中吵醒，琼翻了一个身，嘟哝了一句，又进入了梦乡。可那铃声并不善罢甘休，发疯似的再次尖叫，琼一惊，伸手按下了接听器，没好气地吼道"喂！"

天啦，是鲨！鲨竟然为了她，不辞辛苦赶回家了！

琼激动得心打战，都说千万别迷恋哥，哥只是传说，琼却感觉哥是那么真实，伸手就可以触摸到，她不但要迷恋，而且要把整颗心都掏给哥，想哥念哥一辈子。

四目相对时，琼跟鲨只是久久地注视，此时无声胜有声！虽然网海遥相对，他们的精神早已融成一体，生死相依。

琼跟鲨恨时间不解风情，眨眼的工夫已是凌晨，他们不得不挥泪告别。

舌尖上的刺刀

电脑一关，琼跟鲨各自又回到了现实之中，开始一天的生活。

化 妆

导读：同事们笑嘻嘻地一哄而上，不容分说描眉、扑粉、上眼影、抹腮红，钟媛嘟着一张嘴不停地抗议，领导也不能强人所难吧，用手护着一张脸左躲右闪，然而还是抵不过人多势众。

还有两个小时单位主办的"鑫光大道"才艺大赛就要开始了，大家一脸的兴奋，忙着化妆，试衣服，渴望摘取本次大赛的桂冠。

领导背着手，踱着方步，微笑着说大家辛苦了，双眼却在人群中来回地寻觅，舒展的眉头皱成一座小山，怎么不见钟媛？

钟媛的密友小云微笑着凑到领导的跟前，她呀，怎么可能出现在化妆室？

钟媛天生丽质，偏偏性格古怪，不但对涂脂抹粉不感兴趣，而且对歌厅、舞厅这些娱乐场所也没有好感，工作之余，她喜欢一个人静静地待在家里，上上网，看看书，自得其乐。她也不喜欢追求时髦，把时间精力花在发型及流行服饰上。她穿着随意，总是一张素面，配着一套廉价休闲服出入，弄得左邻右舍的阿姨们常常戏说钟媛的妈妈虐待女儿。

钟媛的妈妈决心好好打造一下女儿，让人刮目相看。

一次把钟嫒带到美容院，吩咐师傅把女儿黑得发亮、笔直的秀发变成金黄的大波浪，浓黑的眉毛秀成两弯新月，粉嘟嘟的嘴唇纹上大红的唇线……

钟嫒顿时花容失色，瞪着大眼看了妈妈半天，妈妈，我的听觉是不是出了问题？飞也似的逃了出去。

后来，那件事情成了街坊四邻的笑谈，钟嫒的妈妈自此对女儿的事不再过问。

同事们便附和小云，是呀，是呀，钟嫒说不定正躺在自家的竹椅上欣赏大自然美景呢。

乱弹琴！这么大型的才艺赛几年难得一次，怎么能够由着自己的性子？必须化妆！马上把钟嫒找来，快，快！

电话的催促一声紧似一声，钟嫒以为大赛有了什么变故，气喘吁吁跑了过来。

钟嫒正待开口，领导大手一挥，马上帮钟嫒化妆！

你们…你们就是为了让我赶来化妆？钟嫒的嘴张成了"O"形！

同事们笑嘻嘻地一哄而上，不容分说描眉、扑粉、上眼影、抹腮红，钟嫒嘟着一张嘴不停地抗议，领导也不能强人所难吧，用手护着一张脸左躲右闪，然终抵不过人多势众。

同事们很有成就感地把钟嫒推到领导前，怎么样？

谁知钟嫒趁同事邀功之际，突然一个转身，打开了水龙头，随着哗哗的水声，一摊残红便在水槽中欢快地流淌。

同事们懵了！

领导似一根树桩立在那，半天没有回过神来。脸由白转红，由红转紫，指着钟嫒大怒，钟嫒，马上给我补妆，否则年终不评优，本月的奖金也全部扣除。

同事们又脚忙手乱地重整旗鼓，忙完了化妆，又帮着钟媛穿上出场服装。

钟媛苦着一张脸，心不甘情不愿地任由她们摆布。

领导上上下下打量钟媛，由衷赞道，没想到化妆之后竟然这么光彩照人！

钟媛却像一只猴子似的，双手不停地抓抓这，又挠挠那，好像有千万条虫子往她的身上钻，浓妆艳抹的脸怎么也挤不出一丝笑容。

登台表演的选手们在浓妆、光艳照人服饰的包裹下，或歌或舞，施展自己的才能，赢得台下观众一阵高似一阵的喝彩。

钟媛登上台的那一刻，同事们傻眼了，钟媛怎么着一套休闲，一脸的素雅？她踩着节奏的步伐，走到台前深深地给观众鞠了一躬，信心十足地开始自创的舞蹈《大姑娘美》。一个朴素自然清纯的大姑娘形象便活灵活现地出现在观众眼前。那大姑娘毫无矫揉造作，只见她时而噘着一张粉嘴，嗔态百生；时而杏眼含春，媚态尽展，犹如山谷中吹来的一股自然清新的风，让人心旷神怡；又像一道天然铸成的风景，让人觉得美不胜收，台下的观众忘了鼓掌，贪婪地欣赏着大自然的恩赐。

音乐戛然而止，钟媛娉娉婷婷，娇喘着道谢时，意犹未尽的观众才清醒过来，掌声犹如山洪暴发，在赛场经久不息。

钟媛以清新独特的形象，自然无矫揉造作的舞蹈，摘下了这次大赛的桂冠。

赛后，意想不到的事情出现了，钟媛拥有了一大群粉丝，她们崇尚自然，追求内秀，清新得像一首诗。

涩涩的下午茶

导读： 我恍然大悟，这茶吧是芳芳妈开的！面对这些名贵的茶及点心，我为难了，怎么办？吃还是不吃？唉，怪只怪自己行事鲁莽，怎么事先不打听一下茶吧老板是谁呢？

爸妈大老远地跑到我家小住一段时间，我很开心，准备有空的时候，带爸妈品尝一下本地别有风味的下午茶。

市中心新开张了一家茶吧，听说无论茶还是点心都是首屈一指，虽然离家远一点，我还是毫不犹豫地选中了这家。

刚刚落座，"哟，是刘老师呀，今天有空来喝茶？"

声音好熟悉！我急忙抬头，原来是学生周芳芳的妈妈。我忙起身，微笑着招呼，"是芳芳妈呀，真巧！"

出于礼貌，我笑着邀请芳芳妈一起坐下来喝杯茶，她笑着摇摇手，"正忙着呢，你们先喝，有空我再过来。"

其实我内心里不愿意芳芳妈跟我们一起喝茶的，毕竟我们是一家人聚在一起，怕她不自在；更害怕付款时生出枝叶末节，到时就会尴尬万分。

我不再勉强她，笑着说："那好，你先忙。"便忙着点茶及点心。我点的茶跟点心都是较普通的那种，喝茶不在于茶跟点心有多名贵，喝的只是心情而已。

一会儿，服务小姐微笑着端过茶及点心，彬彬有礼地说："请先用。"

舌尖上的剃刀

当我的眼睛扫过茶跟点心时，急忙冲着服务小姐大叫："错了，你们搞错了！"

服务小姐满脸歉意，马上仔细对照，吁了一口气，很肯定地说："没错呀！你们点的茶是名贵的龙井，点心也是本店最有名的。"

我一个劲地摇头，说道："肯定是搞错了，这不是我们的。"

"这就是你们的。"

"小姐，请你再仔细查查，这么名贵的茶及点心……"我的口气里近乎哀求。

此时领班小姐微笑着走过来，说道："这是我们老板亲自为您点的，您就放心地用吧！"

"老板？"

"对呀。"

"我并不认识你们老板呀。"

"刚才跟您说话的那位女士就是我们的老板，您怎么可能不认识呢？"

"刚才……"

我恍然大悟，这茶吧是芳芳妈开的！面对这些名贵的茶及点心，我为难了，怎么办？吃还是不吃？唉，怪只怪自己行事鲁莽，怎么事先不打听一下茶吧老板是谁呢？

我如果知道这茶吧是家长开的，就算用八抬大轿来抬，我也会不敢涉足半步。

事已至此，我只好硬着头皮面对，吃吧，大不了以后节省一点，幸喜今天特意多带了一些钱，身上有一千多元现金呢。

没想到的是，点心却像那斩不断的水，源源不断往桌上送，无论我怎么阻止，服务小姐总是不依不饶，说什么是老板的意思呢，我不敢违背。这样下去，口袋里的钱……我急得不知如何是好。

我很无奈，只好跑去找芳芳妈，当面谢绝她的好意。

芳芳妈微笑着很真诚地说："您把我的女儿教得那么好，真的太辛苦您了！我一直想找个机会好好答谢，可惜工作太忙，今天正好有机会表达一下心意，您就别推辞了。"

我忙说："教育好孩子是我应尽的责任，怎么可以说麻烦？答谢更不敢当，您有这份心，我已经很满足了。"

好说歹说，芳芳妈就是一个劲地要答谢，我实在没辙。

幸好此时领班小姐找芳芳妈处理一件事情，芳芳妈忙怀着歉意地离开。趁芳芳妈离开之际，我急忙唤过小姐结账。小姐脸露难色，说："老板吩咐过，分文不取，如果我收了您的钱，到时不知道会怎么责罚我呢。"

我执意要付款，并担保老板的事情我全权负责。小姐不但不给结账，反而跑到后台找来了芳芳妈。芳芳妈听说我执意要付款，一脸的激动，说："一日为师，终生为母呢。您好像芳芳的妈妈一样，我竟然连一杯茶水款都要收取，情理上说得过去吗？"

芳芳妈说得情理意切，我也不好再推辞，心想以后找个机会回报吧，只好连声道谢告辞。

走出门之后，突然发现刚才抢着付款，不小心把钱包忘在台面上了，只好急忙折回去取。

走近茶吧门口时，里面传出的对话卡住了我的脚步。

"老板，刚才那人是您家的亲戚还是重要贵宾？"

"什么亲戚贵客呀，一位老师罢了。"

舌尖上的刺刀

"老师？老板为什么要这样厚待她？"

"唉！她是我家女儿芳芳的班主任。如果怠慢了，我怕……"

我的肠胃突然一阵蠕动，一阵酸水直往上泛，刚才下肚的茶水乘机一齐涌向喉头，涩涩的味道卡在喉咙里，咽又咽不下，吐又吐不出，难受极了。

报　复

导读：颜玉入怀的刹那，一滴冰凉的泪滑落到陈军的胸前，陈军一怔，刚刚燃烧起来的热情一下子降到了零点。颜玉，你肯定有事瞒着我！

颜玉一脸灿烂地对陈军发出了邀请，今天晚上八点满庭香茶吧请你喝茶。

陈军一脸茫然，颜玉你是对我说吗？

颜玉便笑着说，不是对你，是对空气呢！

陈军实实在在受宠若惊了，说话就有点结巴，颜…颜玉，你…不是在开玩笑吧？

颜玉嘴角上扬，爱信不信的，不去拉倒！

跟颜玉一起喝茶陈军做梦都想呢，能不去吗？一连声地说好，好，一定准时到。

陈军心里还是忐忑不安，他陈军何德何能受到颜玉如此厚爱？怕是颜玉活得太滋润，拿他开心吧？不过他宁肯信其有而不愿信其无。

八点未到，陈军怀抱一束火红的玫瑰兴冲冲地前往满庭香，出乎意料的是颜玉已经抢先一步，她正手托香腮对着门口翘首以待呢。

陈军一出现，颜玉的眼睛立刻盈满了笑，两个好看的小酒窝像盛满了陈年老酒在俏丽的脸上一漾一漾的，醉人的香气直往陈军的鼻孔里钻，陈军已醉了三分。

颜玉瞥见陈军怀中的玫瑰，眼中闪过一丝惊喜，陈军你还挺有诗情画意的呀。

呵呵，我是认为佳人配以玫瑰更适合这种场所呢！

陈军你算了吧，我这种佳人呢，只能跟凋谢的玫瑰有得一比。

颜玉你不是一向很自信吗？

唉！此一时彼一时。

陈军还想说什么，颜玉头一甩，不说不开心的事了，陈军你喝什么茶？

颜玉，先别忙着喝茶，有什么地方用得着我，尽管说！

陈军你什么意思呀，以为我请你喝茶有所图？

陈军心里明镜似的，他对颜玉一见钟情，可颜玉呢？从不正眼瞧他，今天却破天荒地请他喝茶，说没有目的，打死他他也不会相信。不过他把这些话咽进了肚里，只是嘿嘿地笑了两声，无功不受禄嘛！

颜玉似乎受了莫大的委屈，眼中竟然汪着一摊水。陈军你如果认为我有所图，这茶呀，不喝了，说完起身就往外走。

陈军急了，颜玉你大人不计小人过，可以骂我，也可以打我，千万别生气！我什么也不说了，喝茶，喝茶，好不好？

陈军端着龙井茶咂咂嘴又开了腔，颜玉你知道吗？

舌尖上的刺刀

在我的眼中，你就好像这龙井茶一样，是一曲春天的歌、一幅春天的画、一首春天的诗。

陈军，你是不是在奚落我呀！颜玉突然柳眉倒立。

陈军急了，天地良心，我说的绝对是真心话，颜玉你永远是我心目中最娇艳的玫瑰。

真的？

真的。

颜玉咬了咬牙，陈军你希不希望这春天的玫瑰为你绽放一次？

陈军一怔，随即笑道，颜玉你就别拿我开心了，请我喝茶已经是奢望了。

颜玉的眼中闪过一丝忧伤，陈军你嫌弃我残花败柳了？

绝对不是，绝对不是！

如果不是，那我们就找绽放的地方去。

陈军暗想，颜玉这反常的行为肯定有不为他所知的故事，是什么呢？他又想不出来，只好闷着头跟着颜玉走。

当颜玉把最后一件衣服褪去，陈军的眼就直了。他也是男人呀，面对颜如玉的颜玉他岂能坐怀不乱？他按捺不住激动的心情，一把把颜玉搂入怀中。

颜玉入怀的刹那，一滴冰凉的泪滑落陈军的胸前，陈军一怔，刚刚燃烧起来的热情一下子降到了零点。颜玉，你肯定有事瞒着我！

在陈军的再三追问下，颜玉流着泪道出了真相。昨天颜玉经过满庭香时，一抬头发现老公跟一个女的在里面一边品茶，一边热乎。她火呀，回家之后追问那女的是谁？老公竟然满不在乎说是情人！她气得七窍生烟，老公不但没有一点内疚，反而嘲笑她头发长见识短，这年代哪个男人没有几个相好的？他只是犯了全天下男人会犯的错而已。她咬着牙对老公嚷道："你会后悔的！"

陈军轻叹一口气，颜玉，我给你讲个故事，远古的巴格达国王因为妻子不忠，要向女人报复。每晚娶一位少女，天亮就把她杀害……你想过没有？那些少女多么无辜呀！

陈军眼中的那朵玫瑰突然之间长出了无数的刺，无情地扎进了他的内心，他推开颜玉，头也不回地走了。

口袋里没有半毛钱

导读：我正疑惑间，没曾想那些人呼地蹿上来，把我团团围住，这个说给我两千，那个说给我五千，一个个就像拦路抢劫的强盗。

弟弟在电话中向我呼救，姐姐，快带两万元来救我！我急问发生了什么事情？

你来了就明白了，记得要带现金呀！弟弟说完"啪"的一声挂了电话。

我十万火急取了两万元，急忙往弟弟家里跑。

走进弟弟家里的时候，我懵了！宾客满座，大家有说有笑正聊得欢，这么着急让我带两万元来干什么？

我正疑惑间，没曾想那些人呼地蹿上来，把我团团围住，这个说给我两千，那个说给我五千，一个个就像拦路抢劫的强盗。

舌尖上的剌刀

我惊恐万分，急忙用手拼命护着口袋，不知道发生了什么事情！

姐姐，照他们所说的数目给，一会我再告诉你怎么回事。

好不容易把那些"宾客"送走，我不由长长地吁了一口气，急忙追问弟弟到底发生了什么事情。

弟弟轻描淡写地笑笑，没什么呀，我欠了他们的钱，他们讨债来了。

天啊，讨债？你们夫妻一个月六千多元呢，应该足够你们开支，怎么会欠人家这么多钱？弟弟，你犯了赌瘾还是犯了毒瘾，快告诉姐姐！

弟弟大笑，姐姐，看把你吓的！我什么瘾也没犯，前不久我不是买了新房吗？

买新房没有听说你们欠钱呀！

第一期付款是爸妈帮我们垫付的，剩下的就是银行按揭，每个月从工资里扣三千，剩下也就三千左右……

三千，节约一点，开支也是没问题的。

姐姐呀，现在都什么年代了，三千哪够用呀，老婆每个月美容不少于一千，我一个月结交朋友的费用不低于二千，还有孩子读书要开支，还有每天家里柴米油盐需要开支……

我忙打断他的话，你们夫妻也太不像话了！也不称称自己几斤几两，没钱美什么容？没钱交朋友干吗那么大手大脚？

嘿嘿，姐姐，我还没来得及告诉你，前天我又买了小车……

我惊叫起来，你说什么？买小车？

对呀，不过档次不是很高，就十七万多！

天啊，十七万还少吗？

那些名牌轿车至少也得几十万呢！

买那种轿车的，你知道是什么人吗？都是富翁，富翁你不知道吗？而你……

弟弟满不在乎，我是工薪族呀，所以我才买低档的小车。

就你们目前的情况，别说买小车，买摩托车都困难！那么多的钱到底从哪里弄来的？

贷款！

我惊得张开了嘴半天合不拢，贷款？你们是不是以为贷款不用还？

国家不是鼓励我们消费吗？我这是积极响应国家的号召呢！弟弟嬉笑着。

可是……可是，消费也得视自己的经济实力而定呀，你们这种消费方式，我实在不敢恭维。

姐姐呀，你的思想太落后了，这叫超前消费，你懂吗？

我不懂！超前超到追债的人堵住了家门，你还好意思说超前两个字。今天要不是我帮你解围，都不知道会闹出什么乱子来呢。

这就叫车到山前必有路嘛，每一件事情都有解决的办法。

看着嬉皮笑脸的弟弟，我真的哭笑不得。

你们每个月除了房贷只剩下三千左右，付房管、小车的费用都不够，以后生活怎么办，你没想过吗？

借、贷呗！

你……我被噎得半天说不出话。好久才气愤地嚷道，以后遇到这样的麻烦事千万别找我！

舌尖上的刺刀

弟弟竟然一点也不恼，笑着说，喂，姐姐，下月我准备携全家去北京旅游，要不要跟我们一起去？

你……你带全家去北京旅游？我疑心自己的耳朵出了毛病。

没错！

你别以为旅游不用花钱，最好先摸摸口袋里存了多少钱再说！

弟弟竟然把口袋翻了过来，摇头晃脑嬉笑道，口袋里空空如也，半毛钱都没有！

我张了张嘴，却一个字也说不出来！

误 会

导读：娇斥声似惊雷在小月的耳边炸响，她慌忙抬头，陶吧的门口站着长发披肩，楚楚动人的一位佳丽，汪着泪的双眼正怒视着他们。

吴小月今天心情特别好，一向素面朝天的她，竟然对着镜子在头发上别了一个精致的花蝴蝶，用口红在那略显苍白的嘴唇上抹了又抹，灰色的脸顿时生动起来。

她春色盎然，踏着音乐的节拍旋进了陶吧。

眼尖的小梅就大惊小叫起来，小月，今天改头换面了？

没有呀，小月脸陡地绯红，用眼角偷偷瞄了一眼站在陶吧里的老师吴小峰。

高大帅气的吴老师正向她走来，含笑的眼睛漾着赞

随笔随语

叹，小月，今天真的好漂亮！

小月长相并不出众，一向很自卑，常在心里哀叹自己是灰姑娘，梳妆打扮皆与她无缘，只是把全部精力放在学习上，希望学有所成，为那张灰色的脸添上颜色。

昨晚小月太投入制作一个花瓶，以至于所有的人离开了她都不知道。完成之后她长长地吁了一口气，抬头的刹那，她呆了，陶吧里静悄悄的，只有吴老师静静地站在她的旁边用欣赏的眼神注视着她，她的脸莫名地一红，慌忙歉意道，老师，让您久等了，不好意思。

万没想到，事情竟然那么巧，小月跟吴老师下楼梯的时候，突然停电了！小月不由轻轻啊了一声，忙用手去攀扶手。此时一双温暖的大手从后面伸过拉住了她的手，从没跟异性有过肌肤之亲的小月心突突地跳，一股异样的感觉窜上心头，竟然不由自主往吴老师的身上靠了靠。

吴老师那充满磁性的声音适时响起，小月，别怕，有我保护你呢！保护？小月就有点想入非非，难道？

回家躺在床上小月睡意全无，保护那二字老是在她的耳边回荡，她一个劲地揣摩"保护"的含义，会是男女之间那种保护呢？马上她又摇头否认，吴老师英俊而又潇洒，而她只不过是一只丑小鸭，保护肯定只是老师本能的保护学生罢了。世上稀奇古怪的事情多着呢，白马王子爱上丑小鸭也不是完全没可能，更何况小月长相虽不出众，气质如兰呢。她折腾了一晚上，都没有折腾出结果。

刚才吴老师一个劲地夸自己漂亮，情人眼里才会出西施呢！小月的心狂跳不已，难道吴老师真的对自己情有独钟？真的想保护自己一辈子？本已绯红的脸就灿如桃花，向老师投去深情的一瞥。

舌尖上的刺刀

小月俨然成了陶吧里的女主人，早上最早到，帮着吴老师准备当天的必需品，还不忘细心地为吴老师泡上一杯浓茶；晚上呢？她总是最后走，帮着吴老师收拾东西，打扫卫生。搞得吴老师很是感激，直夸小月懂事可爱，这样的女孩现在真的太少了。

小月奇怪的是，吴老师也就是夸夸她而已，却从没表露出男女之间的那种情爱。不过她反过来又想，吴老师岂是那种成天把爱挂在嘴上的浅薄之人？大凡有素质修养之人，爱是深藏心底，这叫爱得深沉，她又释然了。

一天夜晚吴老师挪动桌子时，不小心碰伤了手，痛得直咧嘴，小月急忙跑了过去，捂着老师的手，鼓起樱桃小嘴使劲地吹，几乎想把老师的疼痛吹走。看着小月那焦急的模样，吴老师笑了，"小月，你真好！"这话就脱口而出。

小月一怔，心呀就像有几十只小兔在撞，老师终于忍不住向她表白了！她突然仰起头，那张粉嘟嘟的嘴巴以迅雷不及掩耳之势贴上了吴老师那英俊的脸。

"吴小峰！你…你…这个伪君子，你成天窝在陶吧里，原来……"

娇斥声似惊雷在小月的耳边炸响，她慌忙抬头，陶吧的门口站着长发披肩，楚楚动人的一位佳丽，汪着泪的双眼正怒视着他们。

吴老师一把推开小月，急得直摇头，"霞，你误会了！你听我解释……"

那个被吴老师唤做霞的美女捂住耳尖叫，"我不要听……"转身冲进了夜色之中。

吴老师丢下小月，尾随霞而去。

陶吧里只留下呆若木鸡的小月！

鸦片网络

导读：她打开 QQ 上下浏览，当他的头像跃入她的眼帘时，心竟然莫名地一喜，精神为之一振，更让她惊奇的是头痛似乎一下子减轻了。

她全身没力，头昏脑涨，准确地说她病了，她访遍本地的名医，吃了不计其数的药物，病却依然如故。

她真的搞不明白，一向健康超常的她，怎么会没有一点前兆无缘无故染上了顽疾？不得已她把希望寄托于网络，渴望在网络上觅到良方。

她打开 QQ 上下浏览，当他的头像跃入她的眼帘时，心竟然莫名地一喜，精神为之一振，更让她惊奇的是头痛似乎一下子减轻了。

她一头雾水，一个闪亮的头像竟然如此之神奇？

她脸若桃花，十指在键盘上翩翩飞舞。他的一句"老婆儿子在等我，我得下了。""咚"的一声，原本光亮的头像霎时灰色一片。失落感突然袭上她的心头，她似一只漏气的皮球，瘫在椅子上，头痛好像又回来了。

她开始天天坐在电脑前睁大双眼，盯着他那灰色的头像出神，一种莫名的情愫撞击着她的胸怀。他的头像光亮有神时，她就腰不酸，头也不痛了，全身充满了活力。他的头像在下面闪动时，一丝颤抖便会划过她的心头，可她又故作冷漠，漫不经心地点出，停顿好一会儿才给予回复，她时刻告诫自己在他的面前得保持淑女的矜持，

舌尖上的刺刀

她不想让他知道她见到他时的激动心情，更不想让他感觉到他无形之中成了她的期待。

跟他相处时，她的心里就像灌了蜜，身体的每一个细胞除了甜蜜还是甜蜜。时间却一点也不解风情，总像个顽皮的孩子套上风火轮一闪而过。每次她都情不自禁伸出双手想抓住时间的尾巴，让它为自己停留，然而一切的努力都是徒劳。

每次他下线，她都会惆怅万分，疼痛感悄然而生。他的每一次出现就好像天空那璀璨的烟花，绽放出五彩缤纷的花朵，短暂的精彩过后，留给她的是深深的眷恋和无限的向往。

他们除了网络上的交流没有任何联系，每天她只能凝望着远方感慨不已。网络是多么的神奇，一根细小的网线就能把远隔千山万水的他牵到她的面前，让她如沐春风；网络又是多么的残忍，网线一断一切的美好瞬间化为乌有，让她徒增伤痛。

她每天睁眼之后就急不可待地扑到电脑上，上网成了她生活的全部。一旦他不在线，她就盯着他的头像发呆，祈求那灰色瞬间变红变绿。如果没有如愿以偿，她的心就像控制器，翻遍网络的角角落落，寻觅他的足迹。她成了十足的祥林嫂，见人就问"你认识他吗？"当别人反问她，"他是谁？哪里人？"她只会伤感地摇摇头，除了一个网名，她对他一无所知。惹得网络上的人以为她大脑出了毛病，背地里给她取了一个雅号"痴黛"，"黛"即"呆"也，她的眼角便会冒出一条小溪，汩汩的溪水永远不会干涸。

其实他没有给过她任何承诺，就算是字面上的一个想字他都吝啬，唯一慷慨的就是碰面时陪她胡乱地侃侃而已。

任凭时光怎么流逝，流不走她对他的思念，心底的那份痛却愈加浓烈，想他时甜蜜之中总是伴着阵阵心痛。

她竟然莫名其妙地想起了陆小曼，小曼为了减轻身上的痛苦而恋上了鸦片，之后欲罢不能。她似乎看见小曼靠在烟榻旁，慵懒地握着她的烟枪，牙齿已经脱落了，一说话就看见她漆黑的牙床。小曼就是因为嗜鸦片成瘾，才会有如此惨境，她不由得为小曼洒下同情之泪。

她知道这是一个没有结果的故事，如果不及时抽身而出，等待她的将是无尽的痛苦。可她却像一个夜晚行走于沙漠中的人，一不小心掉进了沼泽地，越陷越深，再也无力拨出。

她无意间成了一个瘾君子。

而他却一无所知。

他做梦也没有想到，自己怎么就成了她的鸦片呢？

再塑美丽

导读：三天之后刘香信心十足地返回了公司，她见人就笑眯眯地问好，夸张地睁大那双像秋日的天空一样明澈的大眼，她要向全公司的人宣告，皱纹跟眼袋永远跟她刘香无关，青春靓丽和魅力四射永远属于她！

年近四十的刘香，一夜之间就成了公司女人们仇视的对象。

舌尖上的刺刀

同龄人仇视，刘香能想明白，也能理解，自己往同龄人中间一站，她们立刻黯然失色，将心比心，她们能不怨恨吗？

问题就是，花一样的女孩怎么也用幽怨的目光盯着自己呢？

其实这不能怪那些女孩，要怪就怪公司的陈总，陈总有一次喝醉了酒，竟然拉过秘书小汪的手，柔情地表白，刘香，你知道我有多喜欢你吗？如果你给我机会，我愿意为你付出一切。

小汪一听就黑了脸，难怪陈总对自己视而不见，原来是刘香这个妖狐横在中间作怪，她恨得咬牙切齿。

第二天，公司里到处都在传闻刘香勾引陈总，说她是狐狸精，刘香自然成了众矢之的。可刘香却蒙在鼓里。

刘香无论走到哪迎接她的不是白眼就是鄙夷的目光，刘香一头雾水，自己招谁惹谁了？

一次刘香上洗手间，无意间听到一个女孩子鼻子里哼了一声，刘香那妖狐竟然凭着几分姿色勾引陈总，也不想想自己多大了，我看她还能风光几时。另一女孩马上接口，对呀，虽说她天生丽质，毕竟年龄不饶人，她一笑呀，眼角全是皱纹，还有眼袋呢。说完哈哈大笑。

刘香气呀，自己什么时候勾引陈总了？怎么可以凭空污人清白！本想接过话，转念一想，忍一时风平浪静，干吗跟浅薄的小姑娘一般见识？清者自清吧！

"她一笑呀，眼角全是皱纹，还有眼袋呢。"这话却似一把锤重重地敲在刘香的身上，震得她的心火辣辣地痛，不可能，绝对不可能！肯定是她们嫉妒，故意丑化自己吧！

回家之后刘香很自信地站到镜子前，对着镜子龇牙咧嘴地笑，张开的嘴再也合不拢，眼睛盯着镜中人忘了转动！天啦，果真如那女孩所言，眼角处真的有一道皱纹，还有眼袋！以前怎么就没有发现呢？不行！一定得想办法去掉！绝不能让这张光艳的脸褪色。

刘香马上冲到商店，抱回了一大堆去眼袋、消除皱纹的化妆品。可一段时间下来，山还是那座山，梁还是那道梁，一点效果都没有！刘香想到自己以后要成为那些女孩的笑柄，她急呀，急得茶饭不思。

刘香心烦意乱坐在电视前，一则广告引起了她的注意，广告里一位四十左右的女士，眼角处皱纹如一条条蚯蚓，眼睛下好像吊着两个水袋，可三天之后，那位女士容光焕发，皱纹和眼袋不翼而飞，至少年轻了十岁，刘香笑了。

三天之后刘香信心十足地返回了公司，她见人就笑眯眯地问好，夸张地睁大那双像秋日的天空一样明澈的大眼，她要向全公司的人宣告，皱纹跟眼袋永远跟她刘香无关，青春靓丽和魅力四射永远属于她！

公司里的人眼睛都直了，这个刘香不知使了什么魔法，三日不见，更加年轻漂亮。陈总对刘香更加关心了，眼睛时刻追随着她的倩影，舍不得离开。

跟刘香关系甚密的小芳悄悄地找到刘香，硬缠着刘香解开她心底的谜团，刘香微笑着对她耳语，小芳的脸上由疑惑转为惊讶，瞪大着眼失声叫道，做手术？你不怕吗？

刘香的嘴角飘过一丝不屑，你老土了吧？现在时兴着呢！现在的美容专家技术是一流的，有什么好害怕的？

小芳还是不太相信，你不会在骗我吧？做过手术怎

舌尖上的刺刀

么没有发现疤痕？

刘香便大笑，有疤痕谁去呀！手术时没有一点痛的感觉，就好像虫子轻轻地咬了一下，有一点麻而已。只需十几分钟，十几分钟就能让你至少返老还童十岁，何乐而不为？刘香竟然像模像样做起了广告。

第二天，小芳马上向公司告假三天，再次出现时，又一道耀眼的光在公司闪现，直晃大家的眼！

公司里便接二连三有人告假，陈总干脆给公司的女员工放假三天。

假期归来的女员工，个个脸上洋溢着微笑，更年轻更漂亮了。

活广告

导读：李小华好生纳闷，一个大活人怎么说不见就不见了？难道胡同里有密室？不可能！他又细细搜索了一遍，细心得连地上的一只蚂蚁都没有放过，搜查了半天也没找到汪强的半点踪迹。他一头雾水，难不成汪强会遁形术？

汪强要在三星级酒店宴请李小华，令小华吃惊不已。

三星级宾馆对于有钱人来说算不了什么，可是对于穷山沟出来打工的汪强来说，就是天大的事情。要知道几个月前汪强出入的高档饭馆，就是五元钱一份的快餐店。

满腹狐疑的李小华踏进酒店时，惊得目瞪口呆，汪强这小子竟然穿得人模狗样，正优雅地品着香茗，很有绅士的派头。真正是士别三日，当刮目相看了！这小子肯定是发大了！

李小华三步并做两步跨进酒店，迫不及待地追问，哥们，现在在哪里发财？

汪强对于发财之事绝口不提，总有意无意把话岔开，微笑着叫上好酒好菜尽情款待小华。

李小华便激他，汪强你小子一点也不够哥们，发财了就把我们当初出来时"有福共享"的约定，忘到九霄云外去了！

汪强一脸的无辜，我怎么不够哥们了？现在不就是跟你小子分享吗？

李小华诡秘地一笑，不肯透露半点发财讯息，是不是有难言之隐？不会干一些见不得人的勾当吧？

汪强连忙摇头，长叹一口气，不是兄弟不肯透露，实在是难以启齿。随即又微笑着宽小华的心，不过，兄弟放心，违法的事情我绝不沾边，这钱是我辛辛苦苦挣来的，你敞开肚皮放心吃吧。

李小华偏偏是犟脾气，汪强越不想告诉他，他越要弄个水落石出。

回公司之后，李小华马上告假一星期，开始暗地里跟踪。他发现汪强并没有在什么公司上班，还是每天天一亮就拿着一个袋子出门，朝着市中心旁边的一个小胡同走去。前后左右瞧瞧，确信没人跟踪时，身子一闪便消失在胡同之中。

李小华随后跟进，却觅不到汪强的半点足迹，汪强像水蒸气，瞬间蒸发得不留一丝痕迹。

李小华好生纳闷，一个大活人怎么说不见就不见

舌尖上的刺刀

了？难道胡同里有密室？不可能！他又细细搜索了一遍，细心得连地上的一只蚂蚁都没有放过，搜查了半天也没找到汪强的半点踪迹。他一头雾水，难不成汪强会遁形术？

汪强鬼鬼祟祟，做贼一般，难道他干了见不得人的勾当？很快他又摇摇头，不可能！肯定是趁他稍不留神混出了胡同。

李小华回家之后认真地分析，认定汪强肯定趁其不注意走出了胡同。他决定第二天守在胡同的唯一出口，这样一来汪强就算插翅也难飞出。

李小华睁大着双眼一眨也不眨地盯着进出的人群，眼睛酸痛了，脚也在打战，汪强却连个鬼影也不见。

李小华懵了！到底怎么回事？他把当天所有的事情搬出来回放，仔细地在每一个陌生的面孔来来回回察看，突然一张大花脸定格在他的大脑里，那人的身子被两张花花绿绿的广告纸包裹着，当时他以为那人不是神经病就是疯子，根本没当一回事。小华的心里一激灵，难道？

再次出现在胡同的李小华，双眼锁定了那个花脸怪人，那怪人走出胡同，见小华紧盯着他，一丝不安从他的眼中闪过，脚步慌乱地往市中心窜。小华心一惊，天啦，那眼神，那眼神真的相识！他穷追不舍，糟了！眼前突然出现好几个大花脸，在小华的眼前来回地晃，小华乱了方寸，拿不定主意，到底应该跟踪谁。

李小华眉头一皱，计上心上。他不再跟踪，急忙折回，在汪强宿舍的附近，找了一个隐蔽的地方把自己藏起来，准备来个瓮中捉鳖。当汪强拖着疲惫的身子打道回府时，小华突然窜出，一把夺过汪强手中的袋子，天啊，竟然是两张广告牌做成的衣服！

随笔随语

汪强一脸的尴尬，涨红着脸冲着李小华大嚷，揭穿我的身份，你满意了吧？想讥笑我，尽管来呀！

李小华大笑，当然满意，这么好的工作我做梦都想。你呀，不够哥们，干吗不推荐给我？

你……你……你取笑我！汪强气得全身发抖。

汪强，别激动！我说的全是真心话，这工作好呀，顺应时代的潮流，我真的很渴望加入。

真的？

千真万确！

汪强笑了！好！明天我就把你推荐给我们老板。

玫瑰与女人

导读：谁在叫我？绿萍停止了奔跑，循着声音寻去。天啦，竟然是台上那位佳丽！肯定是自己的听觉出错了，她怎么可能认识自己呢？赶快逃离这是非之地吧！

夏绿萍收到陌生号码发来的奇怪信息之后，火急火燎赶往"皇冠"夜总会，她很纳闷，"皇冠"夜总会跟自己有什么瓜葛？

眼前一幕好感人呀，一个风流倜傥的帅哥手拿一枝玫瑰，正春色盎然地牵着一位佳丽的手，深情地唱着"你是我的玫瑰你是我的花，你是我的爱人是我的牵挂……"好熟悉的一幕！绿萍的心像被刀子割了一下，眼前一片模糊。

也是在这家夜总会，也是在这么一个充满诗情画意

舌尖上的刺刀

的夜晚，韩晶春色盎然牵着她的手，深情地唱着"你是我的玫瑰你是我的花，你是我的爱人是我的牵挂……"绿萍的眼中就有了泪光，当韩晶当众跪下请她接受那朵玫瑰时，她就为他关上了那扇爱的心门。昨晚她还躺在他宽大的怀抱里，听他信誓旦旦地表白，一生一世只为她而活，让她成为世界上最最最幸福的女人。就在她奔赴"皇冠"夜总会的前一刻，韩晶爱意浓浓地给她打来电话，宝贝，今晚有事不能陪伴左右，你一定替我好好照顾自己哦！

"接受！接受！"台下雷鸣般的喧嚷声把绿萍震醒，只见那帅哥手捧玫瑰单膝跪地，热辣辣的双眼充满了殷殷企盼，原来是帅哥在向佳丽求婚！那佳丽却一脸的平静，双眼四处游离，她似乎在寻找一个人。绿萍不由自主地把瘦弱的身子往后挪了挪，突然转身，朝着门口飞奔而去。

"夏绿萍，好戏刚刚开头呢，干吗离开？"

谁在叫我？绿萍停止了奔跑，循着声音寻去。天啦，竟然是台上那位佳丽！肯定是自己的听觉出错了，她怎么可能认识自己呢？赶快逃离这是非之地吧！

"夏绿萍，精彩还后面，不想欣赏了？"这回夏绿萍听得很清楚，那位佳丽确确实实是在叫自己，她正微笑着向自己走来。

"你好，绿萍。"那佳丽挡住了绿萍的去路，伸出了纤纤玉手，绿萍吓得连连后退，把手本能地藏在身后，双眼惊恐地望着那张陌生的俏脸。

那佳丽不羞也不恼，强行拉过绿萍的手朝着那帅哥走去。

绿萍再懦弱也受不了这种羞辱，她有点失控地冲着那佳丽大吼，放开你的脏手！

没想到佳丽不但没松手，反而越拉越紧，直到把绿萍拉到那帅哥的跟前才松开。

"绿萍，用这种不礼貌的方式把你请来，请你谅解！"说完朝着绿萍深深地鞠了一躬。

绿萍把脸扭向一边，屈辱的泪水早已挂满了脸颊，好一个吸血不见红的美女蛇！那帅哥一时也懵了，似一根树干一样立在台上。

喧闹的人群一下子安静下来，定定地望着台上表情不一的三个人，不知道发生了什么事情。

佳丽轻移莲步，浅浅地一笑，各位也许不知道，这位帅哥是韩晶，这位美女夏绿萍，他们本是一对恋人，我在不知情的情况下卷入了其中，也许是上天垂怜，一次偶然的机会我对绿萍有了初步的认识，慢慢地知道了事情的真相。今天冒昧把绿萍邀请至此……

绿萍全身不停地颤抖，捂着耳朵尖叫道："不要再说了，不要再说了！……"

"绿萍，你冷静一点，我并不想伤害你……"

绿萍腾地冲近那佳丽，怒视着厉声道："住口！你好卑鄙！你以为杀人不见血就不叫伤害？你喜欢他我可以让给你，干吗用这么污辱的方式……"

"喜欢？哈哈……"那佳丽突然大笑，从那帅哥的手上一把扯过那一枝玫瑰，对着那一张俊美的脸狠狠地摔去，"让你的玫瑰见鬼去吧！"说完头也不回地走了。

绿萍看着佳丽越来越远的背影傻了。

韩晶对着佳丽的背影："呸"，心比蛇蝎还毒的女人！只是开个玩笑而已，没想到她还真把自己当回事呀！绿萍……

舌尖上的刺刀

无耻！"啪"的一声，一巴掌以迅雷不及掩耳之势重重地落在韩晶的脸上。

女儿不乖

导读：妈妈大喊着我的乳名，玉儿回来了，玉儿回来了，一路狂奔迎了上来。妈把我搂入怀中，一连声地说，女儿，你终于回来了，妈想你，妈想死你了。

几年没回家了，不是不想回家，还是觉得混得不风光，脸上不带光泽。

妈妈几次在电话中忍不住哭，难过得把电话递给爸爸。铁骨铮铮的爸爸，说话就断断续续，说妈妈想我想得梦中常湿枕巾。

听着爸爸的话，我心似刀绞，哽咽着宽慰爸妈，我很好呢，您老不用牵挂，保养好身体，忙过这段时间就回家看望您老。

没空其实只是托词，怎么能几年没空呢？囊中羞涩而已。

父母的呼唤时时响在耳边，我终于打肿脸充胖子，倾其所有给爸妈买了贵重的礼物，一脸灿烂地坐上火车朝着爸妈奔跑。

远远地望见爸妈站在家门前，踮着脚尖朝着我回家的方向张望，心不由一热，泪滚滚而下，加快步伐朝着他们不停地挥手。

妈妈大喊着我的乳名，玉儿回来了，玉儿回来了，一路狂奔迎了上来。妈把我搂入怀中，一连声地说，女儿，你终于回来了，妈想你，妈想死你了。

我极力忍住泪，仰起甜甜的一张笑脸，妈，看看女儿给您买什么了？

妈却把我越搂越紧，生怕稍一松手我又会飞了。妈现在只想好好抱抱宝贝女儿，其他的都不重要。贵重的礼物被她冷落一旁。

爸站在旁边不停地眨巴着眼，不时抬头望望天空，我知道爸是不允许那满腔的泪水清洗那张满是皱纹的脸。好久才控制住情感，笑着对妈说："女儿还没吃饭呢，别把女儿饿坏了。"

妈急忙抹干眼泪，笑着说："妈真是喜糊涂了！女儿饿了吧？老头子，快，快回家，把饭菜端出来。"

芋头浓郁的香味顿时充斥着房间的每一个角落，我惊喜不已，朝着餐桌奔跑过去，嘴里嚷着，好香呀。

妈笑眯眯地看着我，一个劲地往我碗里夹芋头，玉儿，好吃吗？

好吃，太好吃了！现在不是芋头成熟的月份，你们这是从哪弄来的？我一脸的迷茫。

爸爸笑着告诉我，你妈听说你要回家，喜得几个晚上都睡不着，翻来覆去念叨要做一道你最爱吃的菜，让你舍不得离开家，这样就可以天天看到你了。突然想起你小时候吃芋头的馋样，她开心得嘴都合不拢。

第二天，你妈早早地起床，可惜翻遍市场的每一个角落，都没有找到芋头。你妈急呀，见人就问，你们知道哪里有芋头卖吗？搞得别人见她就躲，以为她的神经出了毛病。后来有一位好心人告诉她，山那边的"农家乐"餐馆，主要以农家菜剁椒蒸芋头这道菜吸引顾客，餐馆

舌尖上的刺刀

里肯定有芋头。

你妈知道之后，拔腿就往餐馆跑，硬缠着那老板卖芋头给她。

老板被你妈所感动，不但平价卖了芋头，还特别让厨师传授剁椒蒸芋头的厨艺呢。

妈涨红着脸打断爸爸的话，就你话多！别听你爸胡说，来，多吃点。

爸急忙申辩，我哪有胡说？以前你会做剁椒蒸芋头吗？

你能不能少说几句？你看……

我再也听不下去了，扑通一声跪在妈妈的面前，哽咽道，妈，女儿不乖，女儿没挣到钱，觉得不好意思回家，却……

傻女儿，妈不求你挣多少，妈只想女儿平安，天天待在妈的身边……

我仰起泪光闪闪的脸，妈，以后女儿经常回家吃妈做的剁椒蒸芋头，好吗？

这才是妈的乖女儿。妈笑了，原来妈笑起来是那么的好看，比那火红的玫瑰还艳丽一百倍呢。

情　痴

导读：黎情张开樱桃小嘴，深情地唱了起来，"我长的这双脚是为了把你找到，我长的这双眼是为了把你看到，我长的这张嘴是为了把你呼唤，我长的这双手是为了把你拥抱……"

随笔随语

　　刘洋一下飞机，耳边就传来本市的一条特大新闻，国际夜总会最近生意火呀，火到人踩人的地步，令人惊讶的是，让生意火起来的却是外地的一位女子。

　　街头巷尾传得沸沸扬扬，这外地女子长得国色天香，莺歌燕舞样样出众，令人费解的是这美女亦傻非傻。

　　刘洋对新闻特别敏感，这样的稀奇事他岂有不前往之理？

　　傍晚一到，他三步并作两步赶往国际夜总会。

　　夜总会犹如闹市赶集一般，人山人海，站着的人都是脚尖落地，身子随着人群前后左右摇摆。

　　"美女出场了！"人群里有人兴奋地尖叫，雷鸣般的掌声瞬间爆发，几欲把夜总会掀翻。

　　看见美女的瞬间，刘洋一怔，好熟悉的面孔！继而又笑自己过于敏感，偌大的世界长得相似有什么稀奇？

　　这美女别具一格，扭着杨柳细腰，迈着细碎莲步，娉娉婷婷出场之后并没有引吭高歌，也没有翩翩起舞，还是轻启朱唇，如泣如诉给大家讲故事。

　　她叫黎情，是 A 市的一位音乐老师，网络上偶尔结识了本市的一位帅哥，她对他是一见倾心，帅哥对她亦有好感。可那帅哥对网络存有偏见，虚拟的网络哪来真情？逢场作戏而已。尽管她情真意切，帅哥对她若即若离，时不时地冷语几句，说她如果美若天仙，应该早就名花有主，怎么可能把绣球抛向网络？她决心用真情感化他，相信终有拨云见日的一天。

　　三个月前，帅哥突然从网络上消失，黎情想尽各种办法，翻遍了网络每一个角落，却一无所获。万般无奈，她放弃了工作，跑到这座城市也就是帅哥的所在地。黄莺般的歌喉得到了夜总会老板的青睐，才有幸站到这个

舌尖上的刺刀

台上倾诉心声。她哽咽着说不下去，抬起眼，使劲眨巴着。喧嚣的夜总会刹那间安静下来，大家眼神复杂地注视着台上。

人群中有人义愤填膺，"这个男人真不是男人，这么痴情的女人也舍得伤害？"

亦有好心人忍不住问刘情，"那帅哥叫什么名字？说出来大家帮帮你。"

黎情再也忍不住，泪哗哗地顺着脸颊往下流。艰难地摇摇头，说："他不相信网络，他怎么可能告诉我真实姓名？"

安静的夜总会突然喧哗起来，有人摇头，有人叹息，真傻！为了虚拟网络中的一个虚拟男人值吗？有人干脆大声地取笑，这美女大脑肯定有问题，如果那帅哥嘴里的城市所在地是假的，这样做不是很滑稽吗？

黎情并不理会大家的讥笑，她神色坚定，继续道："现在我把《谁让我爱上了你》这首歌献给他，希望歌声穿越夜总会，进入城市的每一个角落，牵引他来到这里。"

黎情张开樱桃小嘴，深情地唱了起来："我长的这双脚是为了把你找到，我长的这双眼是为了把你看到，我长的这张嘴是为了把你呼唤，我长的这双手是为了把你拥抱……"

刘洋傻傻地望着台上的黎情，有咸咸的东西顺着眼角流过脸颊，落入嘴里。他痛恨自己对事物的认识太过偏见，犯下了不可饶恕的错误！

刘洋转身出了夜总会，再次返回时，手里已多出九十九朵火红的玫瑰，他捧着火红的玫瑰深情地走向黎情。

"情，你受苦了！"

黎情看见刘洋时，怔怔地站在那半天没有回过神来。

"情，你怎么了？我就是你要找的人呀！"

黎情突然冲着刘洋叫道："坏蛋！"

一切来得太突然，台下片刻的安静之后，许多英雄摩拳擦掌准备冲上去狠揍这个坏蛋，帮美女出气。

刘洋也傻了，坏蛋？瞬间之后他又笑了，冲着黎情兴奋地叫道："混蛋！"

坏蛋，坏蛋！混蛋，混蛋！

台下的人们恍然大悟，"坏蛋"跟"混蛋"是他们在网络上对对方的亲昵称呼。

黎情此时才知道，三个月前刘洋被公司派往国外考察，因时间太急，没来得及上网跟她告别。

刘洋突然当着众人的面跪了下来，深情地注视着黎情，"情，嫁给我好吗？"

黎情使劲地点头，泪水在脸上欢快地流淌。

与蓝可儿相遇

导读：玛丽其实对她的死因也很好奇，况且自己也实在没办法摆脱她，心想不如先答应下来，趁她讲故事之际，再想办法逃脱。主意一定，便硬着头皮答应下来。

已是深夜 12：00 了，玛丽刚走出宾馆大门，听见有人叫她。她忙抬头，一位穿着白色连衣裙的陌生少女站在她的面前。

"你是谁？"

舌尖上的刺刀

少女笑道："你仔细看看，我像谁？"

"嗯，你……你很像一个人，像谁呢？"玛丽歪着头，努力搜索着。

"蓝可儿，你看像吗？"

玛丽不由自主后退几步，颤抖着声音说："对！对，你……你……你跟蓝可儿简直就是一个模子印出来的。"

"我就是可儿。玛丽……"

"你……你别靠近我！"玛丽尖叫一声，猛转身飞跑。

玛丽不知道跑了多远，实在跑不动了，不得不停下来休息。刚蹲下，有人拍她的肩膀，她急忙抬头，蓝可儿正一脸灿烂地望着她。

"玛丽，你别害怕……"

"蓝可儿，不……不是我害死你的，你……"

"玛丽，你不要害怕，我不会伤害你的。网络上把我的事情炒得沸沸扬扬，我找你，只想把死因告诉你。"

"我不想听，不要听！你别缠着我！"

"玛丽，我说完之后马上离开，保证以后再也不会缠你，求你了。"

玛丽其实对她的死因也很好奇，况且自己也实在没办法摆脱她，心想不如先答应下来，趁她讲故事之际，再想办法逃脱。主意一定，便硬着头皮答应下来。

"玛丽，我给你讲一个故事。二十几年前的一天夜里，大约 12：00 左右，少年回家的路上，遇见一对神色慌张的母女。那母亲一把扯住他，语气急促地说，有人追杀她们母女，请他救救她们。少年看看母亲，再瞧瞧女儿，毫不犹豫答应下来。母女俩千恩万谢，盛情邀请少年到家里坐坐。女孩见少年一表人才，又如此仗义，不忍心欺骗他，便实情相告，她和母亲不是人，而是狐狸。刚才被猎人追赶，幸好遇他出手相救，而幸免于难。女孩怎么也没想到，少年趁她们母女熟睡之际，一把火烧了她的宅院。女孩的母亲从大火之中逃了出来，她却被活活烧死。二十几年之后，狐女的母亲找到少年的女儿，用残忍的方法杀害，为自己的女儿报仇。唉……"

"难道……难道你……你就是少年的女儿？"玛丽忍不住插嘴道。

"是的。都是父亲种下的祸根！狐狸母女跟他无冤无仇，干吗要那么残忍地烧死她们呢？"蓝可儿长长叹了一口气。

"可是……狐狸毕竟是狐呀，不能怪你的父亲。蓝可儿，你现在是鬼，你找我，不怕我找法师把你打入十八层地狱，永无翻身之日吗？"

蓝可儿启齿一笑，"不怕。"

"你找我就是为了讲故事？"

"是。我想你把这故事告诉世人，让大家知道我的死因。"

"蓝可儿，你这些鬼话，我是不会相信的！你肯定想拉我做你的替身，让你早日投胎转世。我告诉你，门都没有！你等着法师捉拿你吧！"

"玛丽，我真的没有恶意。如果你不相信，明天你请好法师，我主动前去，自投罗网。"

"鬼话！"玛丽丢下蓝可儿，急忙招了一辆的士回家。

玛丽回家之后，第一时间冲到厨房，拿了一把菜刀，神经像一根绷紧的弦，睁着眼睛坐到天亮。第二天，她让法师寸步不离守护着自己，才稍稍安下心来。

舌尖上的刺刀

第二天夜里，大约十二点左右，蓝可儿似风一般越窗而入。脚还未落地，法师剑已出鞘，厉声喝道："恶鬼，看剑！"

出人意料的是，蓝可儿没反扑也没逃跑，立在原地，任凭法师处置。

玛丽突然一跃而起，箭一般冲到蓝可儿的跟前，冲着法师大叫："不要伤害她！"

"玛丽，你为什么要救我？"

玛丽粲然一笑，反问道："我为什么要伤害你？"

第四辑　鱼和熊掌的故事

导读：生活也是人生的第二课堂，它教会人如此待人，如何处世。那些心灵鸡汤的文字，总是千篇一律地说教，让人产生视觉疲倦，心生烦躁。而本辑针对这一问题，拒绝说教，追求别致，把人生的哲理穿插在一个个生动鲜活的故事里，让读者大饱眼福的同时，享受一场色、香、味齐全的精神大餐，发人深思的人生哲理无意间走进了读者的心里，生根发芽结果。

飞起来的猪

导读：唯独老虎不肯认猪为师。老虎本来就瞧不起猪，这家伙这么笨，怎么可能会飞呢。肯定是用了什么妖术或者障眼法！必须设法让猪原形毕露才行。老虎眼睛一眨，计上心头。

179

舌尖上的刺刀

　　一头叫强强的猪，他总觉得自己比其他的猪聪明。他常跟同槽的猪说，他总有一天会走出猪圈，飞上蓝天。同槽的猪讥笑他异想天开。

　　猪不灰心，每天吃饱喝足后，削尖脑壳寻找机会。

　　机会终于来了！这天，主人正往槽里添食，突然有客人造访，主人丢下桶瓢，匆匆离去，圈门晃晃悠悠。主人竟然忘了闩门！猪大喜过望。待主人匆匆离去，他飞快地逃了出来。

　　猪刚逃到村口，突然狂风怒号，他的身子突然飘了起来！飞起来了！我真的飞起来了！猪大喜过望。他飞呀飞呀，飞过山村，飞过河流，最后飞进了森林。

　　森林里来了一头会飞的猪！这事儿一传十，十传百，最后传进了狮子的耳朵。狮子闻讯，亲自接待了猪，将他奉若神明，说他是上帝派来拯救动物们的。狮子让全体动物拜猪为师，跟猪学飞的本领。猪欣然应允，森林里一片欢呼！之后每天，大小动物轮番送食敬水，孝敬父母一般孝敬着这头猪。

　　唯独老虎不肯认猪为师。老虎本来就瞧不起猪，这家伙这么笨，怎么可能会飞呢。肯定是用了什么妖术或者障眼法！必须设法让猪原形毕露才行。老虎眼睛一眨，计上心头。

　　老虎找到猪，笑着说，猪，我也可以拜你为师，不过有一个条件！

　　什么条件？

　　你现场表演飞起来，我立刻认你为师。

　　猪听后很开心，老虎拜他为师，是他梦寐以求的事情。可是猪又怕老虎耍弄他，于是对老虎说，现场表演飞没问题。我表演之后，你可不要反悔。

老虎一拍胸脯，大丈夫一言九鼎，怎么可能反悔呢！要不这样吧，我让众动物来作见证。这样你放心了吧！

好！

猪说完，转身来到山的交叉口。原本晴朗的天空，突然乌云翻滚，狂风大作。猪运一口气，身子朝着天空一跃，再一次飞了起来。

老虎无话可说，只好当众拜猪为师。

猪成了老虎的师傅之后，更加不可一世。每天前呼后拥，好不威风！老虎屈为徒弟，每日里被猪呼来唤去，心里很是不爽。每次看见猪笨手笨脚的样子，打死他，他也不会相信猪能够飞起来。老虎想此事必有蹊跷，问题到底出在哪里呢？

老虎茶饭不思，每天每时每刻大脑都在回放着猪两次飞起来的情景，从中寻找可疑点。老虎发现，猪每次飞起来，都是狂风怒号，难道是风暗中相助？如果没有风，猪还能飞起来吗？要是能让猪在没有风的天气里，再一次现场表演飞起来就好了！可是，猪已经现场表演过一次了，他是绝对不可能答应的。老虎的大脑快速运转，突然老虎想起猪常跟他抱怨动物们太笨，训练这么长时间了，别说是飞，就是跳跃也没什么进展。老虎眉头一皱，一条妙计又成。

老虎对猪殷勤起来，一日三餐侍候周到。猪很受用，把老虎视为知己，有事总喜欢找老虎商量。一天，猪又跟老虎抱怨动物们太笨时，老虎宽慰猪，师傅，你别心烦，我有一个办法，保证动物们短时间能够飞起来。猪大喜，忙问老虎是什么办法。老虎一脸神秘，师傅，我带你和动物们去一个地方，去了你就知道了。

老虎把猪带到山顶，指着两山间一条约二米宽的峡

舌尖上的刺刀

谷说，师傅，要想动物们早日飞起来，必须加强跳跃的难度。从今天开始，你给他们传授跳跃这条峡谷的技艺，假以时日，他们一定会飞起来。

动物们望一眼深不见底的峡谷，一个个往后退。老虎冲动物们招招手，过来，有师傅在你们怕什么。师傅会给你们传授跳跃的技艺，你们要认真领会，掌握要领，以后才能飞起来。

猪说，老虎说得对！要跃过这峡谷，你们首先得运足气，让身子轻如羽毛时，再纵身一跳……猪说得口干舌燥，可没有一只动物敢尝试着跳跃．

老虎说，师傅，说得再多也没用，你不如实地示范一下，这样简便又有效。

猪望望天，再看看峡谷，然后说，好吧！你们好好看着。

猪走到峡谷边，可是天依然晴朗，没有一丝风。猪照例运一口气，抬起前腿，朝着对面奋力一跃。猪的身子在空中翻了一个跟斗，头冲着谷底撞去。

猪临死之时，仰天长叹，我是会飞的猪，怎么会摔了下来？

一记耳光的思考

导读：我低着头跟胡赉一前一后走向公司，刚要跨上公司的台阶，"啪"的一声，一记耳光落在我的脸上。我还没弄明白怎么回事，耳边又传来"啪"的一声，胡赉也挨了一记巴掌。

我跟胡赟是同学加哥们，用班主任的话来说，我们俩臭味相投。

我们读到小学三年级时，有一次，我跟胡赟欺负班上的同学尹向东，让他像马一样趴在地上，我俩轮流骑在他的身上，用手拍着他的屁股，高喊着"驾、驾"，让他驮着我们来回跑。

没想到，一向胆小怕事，屁都放不出一个的尹向东，这次破天荒向班主任举报了我们。班主任铁青着脸，冲到我们身边，不由分说，"啪、啪"两声，赏了我俩每人一记响亮的耳光。

我们立刻打电话给妈妈，告状说班主任打人。

胡赟的妈妈先赶到学校，把班主任臭骂了一顿，并责令班主任给胡赟道歉，还要求赔偿一定的精神损害费。看着垂头丧气的班主任，我心想，活该！一会我妈妈来了，还有你好受的。

胡赟的妈妈刚发泄完，我妈妈随后来到了学校。妈妈把我拉到一边，蹲下身子跟我说，儿子，你欺负弱小的同学，给老师的管理带来了麻烦，影响了老师的心情，你必须向老师道歉。我一听就火了，妈，老师打了我，你竟然要我给她道歉！我是不是你的亲生儿子呀。你看胡赟的妈妈……妈妈轻轻地拥住我，儿子，你听妈妈说，妈是这样想的，老师打你，绝对不是无缘无故的。老师肯定是遇到什么不顺心的事情，而你却在此刻火上浇油，老师一时情绪失控才打了你。你说你该不该向老师道歉呢？我虽然不服，可是慑于妈妈的威严，狠狠瞪一眼班主任，嘴巴噘得能挂个油瓶，从牙缝里挤出几个字，对不起，老师。

几天之后，我弄清楚了事情的原委，我跟胡赟欺负尹向东的同一天，班主任读幼儿园的儿子也被本班的

舌尖上的刺刀

同学当作马一样被耍弄。难怪老师会赏我跟胡赉一记耳光！我佩服妈妈的同时，对老师的恨意也相对减弱。

这件事情成了我以后生活的一面镜子，遇事我总会多想想，多问几个为什么。而胡赉不但没改，反而变本加厉。每当捅出娄子，他的妈妈便会跳出来护着他。不过，胡赉的学习一直不赖，我们一起顺利地升初中，读高中，然后考进了同一所大学。

事也凑巧，大学毕业之后，我们竟然在同一天拿着档案去同一家外资企业应聘。胡赉头脑灵活，在大学时学习成绩比我略胜一筹，跟他竞聘，我觉得自己必败无疑。我本想放弃，可又不甘心，硬着头皮前去试试。

胡赉看见我时，嘴巴扬了扬，老同学，手下留情哟。我知道他在讥笑我，笑我自不量力，我哪是他的对手呢。我不自然地笑笑，小声嘟囔了一句，至于嘟囔了什么，我自己也不知道。

我低着头跟胡赉一前一后走向公司，刚要跨上公司的台阶，"啪"的一声，一记耳光落在我的脸上。我还没弄明白怎么回事，耳边又传来"啪"的一声，胡赉也挨了一记巴掌。

"死叫花，找死呀！"胡赉冲着一个老头破口大骂，同时狠狠赏了老头两个耳光。

我此刻才弄明白，打我跟胡赉耳光的是一位老头，老头穿着一身破烂的衣服，目光呆滞，面露菜色。此刻，正用脏兮兮的手，捂着黑里透红的脸，惊恐万状望着胡赉。我心中莫名地一动，小学三年级班主任赏我跟胡赉耳光的情景重又浮现在眼前。老头打我跟胡赉，绝对是有原因的。也许老头精神不正常；也许老头曾经受过什么刺激；也许老头的子女不孝，虐待过老人，导致老人仇视所有的年轻人；也许……怜悯之心油然而生。胡赉还想打老头时，我上前挡住了他。胡赉凶我，这疯老头打你，你还向着他，你大脑是不是有毛病呀。老头趁这个空隙溜走了。

我刚走进办公室，负责招聘的主管笑着迎上来，年轻人恭喜你，你已经被录取了。一会儿公司老总将亲自接见你。

我一头雾水，一脸迷茫地望着主管。主管笑着说，刚才老头打你耳光的那一幕，刚好被我们老总看见了。你的宽容、大度折服了老总。

山里有一株千年灵芝

导读：令她惊讶的是，高霞山上十分热闹，男的、女的、老的、少的、当官的、平民百姓各种各样的人都有，这些人都跟她一样，得了莫名其妙的病，都是冲着那株千年灵芝的灵气而来。

经过努力，年底时，她当仁不让评上了本年度的骨干，接下来，她准备冲刺经理助理。

她做梦也想到，评上骨干的第七天，她病了，全身骨头像散了架一般，脸红得像熟透的番茄。

她想，肯定是感冒了。她打了针、吃了药，病却越来越重。她到市中心医院检查，结果出来后，医生闪烁其词，让她立刻到大医院治疗。她的心立刻悬上了半空，难道得了不治之症？

她的一位好朋友，人称"百事通"，一脸神秘地告

舌尖上的刺刀

诉她，有一位神医，人称再世华佗，只需望闻问切，便可治愈各种疑难杂症。

她大喜，急忙前往。医生通过"望、闻、切"之后，最后问起了她平时的工作情况。她犹豫着要不要说实话。医生看透了她的心思，笑着说，你必须实话实说，我才能对症治疗。

她告诉医生，她能力一般，工作也懒散，平时她周旋于领导跟同事间，深得领导的赏识，跟同事的关系也十分融洽。因此年年是骨干，最近正在竞聘经理助理。

医生沉思片刻，告诉她，她得的是一种怪病，只有高霞山上的一株千年灵芝才能治愈她的病。

她忙问，如何才能得到那株千年灵芝？

医生说，千年灵芝是罕见之物，有缘的人才能得到。不过，千年灵芝散发出来的灵气对病也有显著疗效。你想治好病，必须做到两点，第一，每天走路到高霞山吸引灵芝的灵气；第二，修身养性，七七四十九天也可痊愈。临走，医生特别嘱咐她，七七四十九天后就算痊愈了，也一定要来复诊，以免病情以后复发。

高霞山离她家大约有三公里，每天走三公里路再爬到山里吸灵气，这哪里在治病，分明是在折腾人！她才没那么傻呢。她依然信奉只能吃药才能治病。可吃药无数，病却越来越严重。她又想起神医的话，心想，暂且死马当作活马医吧。

令她惊讶的是，高霞山上十分热闹，男的、女的、老的、少的、当官的、平民百姓各种各样的人都有，这些人都跟她一样，得了莫名其妙的病，都是冲着那株千年灵芝的灵气而来。

她走到第七天的时候，心想，这样走下去，病没好，人早累死了。怎么办呢？不就是到山里吸取千年灵芝的灵气吗？步行跟开车，有什么区别呢。于是她每天车来车往。期间，她时刻跟公司的领导和同事保持着联系，关注着竞聘的动向。

七七四十九天后，精神倒是好了一些，可病没有痊愈。她去找神医。神医盯着她看了几分钟，然后问，你有没有按照我说的去做？

她答非所问，七七四十九天，我从未间断到山中吸取灵气。

你要说实话，我才能找出原因。

这……她不得已说了实话。

神医笑笑，你表面上看起来病情有所好转，事实上你病得更严重了。这次你必须谨记我说的那两点，九九八十一天后病还可痊愈。反之，你会病入骨髓，就算华佗再世，恐怕也无能为力。临走时医生再三嘱咐她，就算痊愈了，也要去复诊，以免以后病情复发。

她不敢再胡来，一切按照医生所说的去做。每天步行到高霞山，再爬到山上吸引灵芝的灵气，从不偷懒。渐渐地，她开始喜欢上这种生活，虽然累一点，可简单快乐。她开始反省以往的工作，每天周旋于领导与同事间，心像绷紧的弦，生怕出差错，得罪了他们，吃不了兜着走。累呀！八十一天的时候，她已身轻如燕，她觉得自己完全康复了。

她遵照医生的嘱咐，前去复诊。医生对她进行望闻切之后，跟她拉起了家常，聊到了她以后会用什么样的心态去生活工作。

她对医生说，这次生病，我想了很多，也想明白了，觉得人还是活得简单一些好。以后工作时，我会尽量做

舌尖上的刺刀

到心无杂念，用心工作，淡泊名利。

医生赞许地点点头，笑着说，恭喜你，你已真正痊愈。

她看着医生，磨蹭着不肯走。医生问她还有什么事，她鼓足勇气说，医生，高霞山真有千年灵芝吗？

有便是无，无便是有。医生答非所问。

她反复琢磨着医生的话，少顷一片红霞飞上她的脸颊。

借我一颗聪明脑袋

导读：哇噻！这颗脑袋确实能探知别人的内心所想，太神奇了！我急忙问道，你怎么把脑袋借给我？

我刚把 QQ 的个性签名改成"谁能借我一颗聪明脑袋，嘿嘿……"，立刻有人在下面回复"我愿意"。

我戏谑道，你的脑袋属于绝顶聪明的那种？

那人马上回复，当然，思维敏捷，接受能力极强不说，重要的能探知别人的内心所想。

真的假的？

别废话，真想借，今晚 8：00 火车站附近的越秀公园见。过时不候。

我再问什么，对方就是不予理睬。

我不相信世上有那么神奇的脑袋，可是思维敏捷和能探知别人的内心所想，对于一个写作者来说，实在太有吸引力了。于是我抱着宁肯信有不可信其无的心态，毅然前往。

第四辑　鱼和熊掌的故事

晚 8 点，我麻起胆子准时来到了越秀公园的门口。我还没站稳，一个高挑身材，瘦得像豆芽一样的男孩站到我的面前，，美女，你就是那个要借脑袋的雪（我的 QQ 昵称，也是我的小名）吧？

我十分惊讶，反问道，你怎么知道的？

你忘了我的脑袋能探知别人的内心所想吗？

哇噻！这颗脑袋确实能探知别人的内心所想，太神奇了！我急忙问道，你怎么把脑袋借给我？

我自有妙招，你闭上眼睛就行。

等等，你把脑袋借给我，那你自己怎么办？

美女，你怎么那么多废话！想借的话赶紧闭上眼睛。

这一切听起来近乎童话里的故事，我对这颗聪明的脑袋非常神往，迫切想拥有它！我怕我稍一迟疑，男孩就会借机反悔，于是我急忙闭上眼睛。我刚闭上眼睛，脖子处麻了一下，我下意识地扭动了一下脑袋，又没有什么异样。

好了。豆芽男孩说。

真的？

是不是真的，你回家试试不就行了。

我近段写作遇到了瓶颈，半天也敲不出几个字。回到家，我急忙打开电脑，验证脑袋是不是如男孩所说的那般敏捷。我刚坐到电脑前，文思如泉水般汩汩流出，十指在键盘上上下翻飞，一篇小说一小时不到就搞定了。一篇刚敲完，大脑又有了新的构思，我又忙不迭敲打起来；第二篇刚完稿，新的构思又成。那天晚上，新构思犹如长江、黄河水滔滔不绝。我毫无睡意，一直敲打键盘到天亮。创下了一夜敲出了 8 篇小小说的辉煌成绩，而且篇篇精彩。如果不是要上班，我想我还会继续敲下去。

舌尖上的刺刀

我刚进入公司，孙主任迎面走了过来。孙主任看见我时，抢先笑着跟我招呼"雪，早！"当我的眼睛触及孙主任的眼睛时，我吓了一跳。天啦，孙主任在心里愤愤地说，小姑娘，仗着自己喝了一点墨水，就不把我放在眼里，总有一天，我要让你尝尝小鞋是什么滋味。我没想到平时对我亲近有加的孙主任，内心却是如此险恶。惊魂未定，好姐妹芸笑靥如花出现在我的面前。我跟芸俩人好得恨不能穿一条裤子，被同事戏谑为"同性恋"。我的眼睛跟她的眼睛相碰时，我的心都要碎了。芸在心里恨恨地说，雪，我们同为女人，你凭什么处处比我强，我不甘心呀。我必须得想法打败你！那一天，我只要跟同事的眼睛对视，就能知晓对方的内心所想。大部分同事对工作认真负责，可也有极少数的同事对工作是应付，更有个别同事自己工作不努力，却在心里怨恨那些工作认真的同事，说他们是傻帽，自找苦吃！我不由得感慨，真是知人知面不知心呀！

下班之后，我急忙去找男朋友，我迫切想知道男朋友是不是真的爱我。见面后，我一边跟男朋友闲聊一边捕捉他的眼睛，我不由得吓了一跳，男朋友心事重重，雪，我真的很爱你，可是你的任性，你的霸气，真的让我无所适从。那一刻，我真的很想把这颗脑袋取下来，狠狠地亲吻一番，谢谢它让我知道了自己的短处。

回到家，我坐到电脑前，思路的闸门又被打开，小说构思又源源不断从脑袋中滚出，我拼命地敲打着电脑，根本停不下来，不知不觉中，我又在电脑前度过一个晚上。

第二天上班时，我觉得浑身乏力，整个人都是飘着的。特别是，我跟同事的眼睛对视时，探知到美好的东西还好，可一旦探知是一些丑陋的东西，心里就堵得慌。

我很恐慌，低头不敢看同事，可好奇心又驱使我去捕捉同事的内心世界。一天下来，我精疲力竭，整个人都要虚脱了。回家时，我想好好休息，可是脑袋却停不下来，它总是有那么多的奇妙构思，让我欲罢不能。

短短的一个星期，我的体重迅速下跌，从 102 斤降到了 82 斤。我突然明白了，那个男孩为什么会瘦成豆芽。此刻我才知道，其实拥有太聪明的大脑，并不见得就是一种福气。于是我毅然决定，把这颗聪明的脑袋还给那男孩。

我急忙登录 Q 寻找豆芽男孩，可是找来找去怎么也找不到他。最后在空间里找到一条他给我的留言，美女，我知道用不了几天，你会找我。别费劲了，你找不到我的。

原来豆芽男孩早知道会有这么一天！我欲哭无泪。

嚼口香糖的女孩

导读：女孩一听，心里就不舒服。心想，明明小玲的脸大，怎么成差不多了呢。这不是歪曲事实吗？

女孩特别喜欢嚼口香糖，身上总会有一股淡淡的清香，同事们亲昵地叫她"香香公主"。

其实，女孩也不是天生就喜欢嚼口香糖。刚参加工作时，母亲送来一大袋口香糖，一再叮嘱女孩每天一定要多嚼口香糖。女孩不懂，母亲笑着说，慢慢你会懂的。女孩听不明白母亲的话，只是从此之后，女孩真的喜欢上了嚼口香糖，一天不嚼，心就发慌。

女孩工作之后，在单位人缘极好，上至领导下至同

舌尖上的刺刀

事，都非常喜欢她。她身边的那些姐妹，对她是羡慕嫉妒恨。她的闺蜜曾私下里找她取经，她睁着那双好看的丹凤眼，取经？什么经呀。闺蜜双眼圆睁，不说就不说，装什么蒜呀你！

女孩真的没有骗她的闺蜜，领导跟同事为什么那么喜欢她，她自己也一头雾水。她每天除了工作，最大的爱好就是嚼口香糖，哪来什么经取？

有一天，女孩去参加同学聚会，一开心就喝高了，一觉醒来已经日上三竿。她匆忙洗漱，一路狂奔来到公司。女孩到公司才发现，自己慌忙之中，忘了带口香糖。

中午休息时分，女孩跟以往一样，坐在几个同事的旁边，听她们神侃。同事们聊着聊着，小玲突然指着小洁笑着问大家，你们说我跟小洁的脸，谁大谁小？

小玲脸比较大，这是上下匀称，还算标致。小洁的脸也偏大，但较之小玲来说，还是小了几分。

其他的同事一听，看看小玲，再看看小洁，都笑着说，差不多。

女孩一听，心里就不舒服。心想，明明小玲的脸大，怎么成差不多了呢。这不是歪曲事实吗？

要在平时，遇到这种情况，同事问她时，她总是不紧不慢地嚼着口香糖，面带微笑点头附和着大家。可今天，她嘴里没有口香糖，大家问她时，她便实话实说，小玲，你的脸大。

小玲立刻杏眼圆睁，天啦，我的脸比小洁的脸还大呀，那不成丑八怪了？！

小玲，你……你……你不丑，挺……挺漂亮的。

喂，吴小桃（女孩的名字），脸那么大，你能挺漂亮的，你说话咋这么臭呀！什么"香香公主"呀，"臭臭公主"还差不多！小玲狠狠瞪了女孩两眼，"蹬，蹬"走了。丢下一脸惊愕的女孩。

事也凑巧，公司本来规定每周二（也就是明天）开小会，偏偏那天领导头脑发热，临时决定下午开会，特别交代，任何人不得以任何理由缺席。

领导作了简短的开场白之后，让大家畅所欲言，有什么想法，好的建议统统说出来，能采纳的一定采纳。领导还特别强调，今天是讨论会，无论对错，不予追究。大家听了，并没有急于发言，一个个紧锁着眉头，似在思考着什么。女孩有了中午的教训，她的心里怯怯的，也不敢说话。

领导看大家都不发言，笑着说，怎么大家都不说话呀。不说话的话，那我点名了。

大家把头埋得更低了，生怕叫上自己。女孩也恐慌起来，以前大会小会，领导总喜欢叫她发言，总夸她说得真好。可是今天她的嘴里没有嚼着口香糖，再加上中午发生的事情，她的心里更没底气，于是她把头低了又低。

"吴小桃"，她还是没有躲过领导的眼睛。女孩站起来，拿着话筒，"嗯、啊"了半天，就是说不出一句囫囵话。

"吴小桃，想到什么就说什么，我就喜欢听真话。"

女孩看领导这么真诚，觉得自己不能辜负领导的一片美意。于是清清嗓子开了口，女孩把平时同事私下里说的"领导太急功近利，不体谅下属的艰辛，踩着下属的肩膀往上爬"那些话，来了个竹筒倒豆子。女孩说着说着就激动起来，声音越来越洪亮。

女孩说得正兴奋，领导带头鼓起了掌。领导说，今天的会议开得很成功，吴小桃能够直言相谏，特别提出

舌尖上的刺刀

表扬，希望以后大家向她学习。为此，公司将给予吴小桃特别嘉奖，明天的会议照常进行，我亲自给小吴颁奖。

第二天，领导没有食言，果真在会议上亲自颁给了女孩一份包装相当精美的奖品。

女孩打开奖品时，她懵了！奖品竟然是一袋口香糖。

世界上最幸福的人

导读：她惶恐不安，以前的姐妹聚在一起，一旦问起她的近况，她如何回答？心里暗怨妈妈没有事先告诉她，她愁得寝食不安。

她怕过年，那是因为她六年前离了婚。

每到过年的时候，她特别害怕电话响，害怕妈妈叫她回家过年。她不想回家，觉得离婚的女人太可怜，无颜面对亲朋好友。

她越怕电话响，电话偏偏响得比任何时候都清脆。电话中妈妈哽咽着说很想她，求她回家过年。她拼命咬着嘴唇，殷红的鲜血从唇边渗出，却始终不敢给妈一个承诺。妈妈实在没辙，最后哑着嗓子说："兰儿，我去陪你过年。"

她慌了，妈妈年老体弱，长途跋涉来陪自己过年，不是大不孝吗？不行，绝对不行！不得已，她硬着头皮踏上了回家之路。

事也凑巧，她偏偏碰上村里十年才有一次的盛大聚会。老家的规矩：每隔十年，大年初二由村主任出面把出嫁的女儿聚集在一起欢度春节。村里是空前的热闹，请戏班，搭戏台，搬餐桌，借碗筷，大家忙得不亦乐乎。

她惶恐不安，以前的姐妹聚在一起，一旦问起她的近况，她如何回答？心里暗怨妈妈没有事先告诉她，她愁得寝食不安。

妈妈呢，自从她回家之后，开心得像个孩子，逢人就说，我家兰儿回家过年了，弄得家喻户晓。

她知道，躲是躲不过去了。初二的那天，她强颜欢笑，她在妈妈的陪同下前往聚会地点。多年不见的姐妹蜂拥而上，争着抢着跟她相拥。她只是努力地笑，一张嘴却是铁将军把门。她怕，怕一张嘴，生活不如意的秘密就趁机溜出，成为姐妹们可怜的对象。

她惶恐不安之际，一阵爽朗的笑声穿过稀薄的空气传进她的耳朵，她忙循声寻去，不远处身穿蓝碎花棉袄的姑姑，脸上荡着甜甜的笑，挥舞着一双粗糙的大手，正高声地向周围的人说着什么。站在姑姑旁边的妈妈踮起脚，一个劲地朝她挥手，示意她过去。

她好生纳闷，记忆中的姑姑很可怜，出嫁不到三年，姑夫患病去世了，丢下她和不满一岁的儿子。姑姑被生活所逼，在好心人的撮合下，迫不得已改嫁。没曾想，命运不济，改嫁的姑父好吃懒做，一个家全靠姑姑一个人撑着。经常是吃了上餐没有下餐，姑姑时常愁眉不展，叹气连连。可今天……她忙挣脱姐妹的拥抱，向姑姑走去。

她走过去还没站稳，眼尖的姑姑已经看见了她，大声地嚷道："这不是我考上大学的侄女小兰吗？姑姑好多年没见过你了，真是女大十八变，姑姑在外面遇见都不敢相认了呢。"一边说一边上前拉过她的手，上上下下打量，夸她漂亮。并笑着责备她，回家了也不去看看姑姑，陪姑姑说说话。

舌尖上的刺刀

她尴尬极了，不知道如何说才好。好半天才讷讷问，姑姑，你还好吗？

姑姑并没有留意到她的不自在，满脸的喜庆，很自豪地说，侄女，姑姑现在条件可好啦，再不像以前那样没钱花没饭吃，一个月还能吃上一次肉呢。姑姑拉了拉身上那件蓝碎花棉袄，看，年前我还花了 68 元买了新衣服呢。还有，往年杀过年猪，猪肉我全卖了，自家只吃一些猪血，猪肠之类。今年我留了十斤左右，现在灶台上挂着好几块香喷喷的腊肉呢！侄女呀，明天到姑姑家去，姑姑给你做香喷喷的腊肉，可好吃啦！

姑姑因为兴奋，脸涨得通红，像喜鹊一样叽叽喳喳地闹个不停，完全沉浸在幸福之中。望着姑姑，她的心怦然一动，要知道，姑姑为十斤腊肉奋斗时，她通过努力，早就出有车食有鱼了，却成天像个怨妇，埋怨老天不公平，没有让她过上幸福的生活。她暗暗谴责自己白读了这么多的书，竟然没有悟透幸福的真正含义，还不如没有上过学的姑姑。她羞愧不已。

她心里的阴霾顷刻烟消云散，一脸恬静地分享着姑姑的喜悦。

姑姑看她微笑不语，以为她不信，急了，红着脸嚷道，侄女，你是不是不相信姑姑的话？要不，现在你就去我家，看看姑姑的柴灶上是不是真的挂着好几块黄澄澄的腊肉？现在的姑姑……

她忍俊不禁，扑哧一声笑了，抢过姑姑的话，现在的姑姑呀，什么都不缺，真的很富有，是世界上最幸福的人呢！

这丫头，什么时候学会油嘴滑舌了？

哈哈……她搂着又蹦又跳。

舞　弊

导读：谁也没有想到，这次高考，刘洋竟然超常发挥，拿下了此次高考的理科状元！老师跟同学们大惑不解，围着刘洋，要他揭示大获全胜的奥秘，到底是什么力量把他托上了巅峰？刘洋一脸的神秘，天机不可泄露。

明天就要高考了，学习成绩拔尖的，不怕；成绩很差的，更不怕。

刘洋非常紧张，主要是他在考试时，情绪很不稳定，成绩总会随着他的情绪波澜起伏，发挥得好就遥遥领先，发挥失常，就一落千丈。

明、后两天非常时期，一旦发挥失常，十年寒窗就会毁于一旦，他的心里七上八下，害怕极了。

刘洋食不知味，睡不能眠。妈妈看在眼里，痛在心里。

高考前一夜，刘洋躺在床上左一个翻身，右一个翻身，床板被折腾得吱吱嘎嘎地响，那响声似一把锤，重重地敲在妈妈的心上，儿子这种情绪怎么参加高考？她轻轻地走进卧室，坐在床边，伸过双手拥过儿子，一张饱经风霜的脸，紧紧地挨着儿子的头，一只手在儿子的身上有节奏地拍着。

说也奇怪，刘洋的头磨蹭着妈妈的脸，那一上一下极有节奏的拍打声像一曲催眠曲，他竟然迷迷糊糊地睡着了。

听着儿子均匀的打鼾声，妈妈露出了欣慰的笑容。

刘洋睡着了，妈妈却是睡意全无。她伸伸双臂，振

舌尖上的刺刀

作精神，快步走进了厨房。她想赶在天亮之前，把儿子从小最爱吃的南瓜糕做出来，引发儿子的食欲，让他精神抖擞迎接高考。

刘洋一觉醒来已是天亮，可一想到高考，心里就像有十几只兔子上蹿下跳，搞得他心烦意躁。

妈妈微笑着叫他吃早餐，他皱着眉，头摇得像拨浪鼓，不想吃。

妈妈一脸的神秘，儿子呀，快过来，今天的早餐不一般，它会让你胃口大开哦。怕只怕到时肚皮撑破了，还想吃呢。

刘洋心想，就算是山珍海味也撬不开他的嘴，能有什么东西让他大开胃口？

不过刘洋从小就是乖乖儿，他也不想扫妈妈的兴，在妈妈的哄劝下，心不甘情不愿地走向餐桌。

眼睛扫向餐桌时，刘洋的眼睛不由一亮，南瓜糕！他疑心是自己看错了，急忙凑近仔细瞧，没错！千真万确是自己最爱吃的南瓜糕！

南瓜糕不但做工非常复杂，需要好几个小时才可以完工，而且还有一个非常美丽的传说，明嘉靖年间，甪直许家南瓜田里结出了一只大南瓜，有老人说这是龙地，南瓜是个龙头，吃了可大吉大利。许家于是将南瓜做成糕，分赠乡邻，结果当年就有三个秀才考中举人，"一榜三举人"十分荣耀。从此南瓜糕也由甪直传到全国各地。

妈妈真是良苦用心，为了自己竟然彻夜未眠！一股暖流顿时涌上刘洋的心头，眼中有一股热热的东西抑制不住往外流，他慌忙抬起头，使劲地眨巴着眼睛。

刘洋回过头深情地看着妈妈，妈妈正一脸灿烂地冲着他微笑。他再也控制不住，泪似小溪一样在脸上欢快的流淌。

洋洋，你怎么了？

妈，我没事，只是太高兴了！

真的吗？

嗯。刘洋再也抵制不住南瓜糕的诱惑，迫不及待地坐下，大吃特吃起来，大有不撑破肚皮绝不罢休之意。

妈妈微笑着在一旁不停地提醒，慢点，慢点，吃慢点，儿子，别噎着。又是端水，又是帮刘洋捶背，忙得不亦乐乎。

刘洋打着饱嗝，扶着微微隆起的肚皮跟妈妈打趣道，妈，你看看，儿子是不是有喜了？

妈妈笑着拥过刘洋，儿呀，看见你开心，妈就放心了，这南瓜糕……

刘洋顽皮地抢过妈妈的话，这南瓜糕呀，是吉祥物，相传明嘉靖年间……

这孩子，什么时候学会油嘴滑舌？该打！妈妈心疼地拍了一下刘洋的屁股，笑着把他搂得更紧了。

说也奇怪，母子的嬉笑之中，刘洋对高考的恐惧一扫而光，潇洒地跟妈妈挥挥手，雄心壮志地走进了考场。

谁也没有想到，这次高考，刘洋竟然超常发挥，拿下了此次高考的理科状元！老师跟同学们大惑不解，围着刘洋，要他揭示大获全胜的奥秘，到底是什么力量把他托上了巅峰？刘洋一脸的神秘，天机不可泄露。

别卖关子了！

刘洋脸一红，吞吞吐吐道，我…我…我舞弊了！

舞弊？大家一头雾水，有些人眼中甚至闪过一丝鄙夷。

是的。刘洋的眼中盈满了自豪，我把妈妈的拥抱，

舌尖上的刺刀

以及妈妈连夜赶做的南瓜糕偷偷带进了考场。

大家恍然大悟，原来帮刘洋舞弊的，竟然是他的妈妈！

眼 睛

导读：他正想开口应允，心突然麻了一下，感觉有什么东西穿越身体飘进空气中。他惊恐万状，慌忙抬头，竟看见一个类似心形的东西，上面嵌着一双犀利的眼睛，正鄙视地盯着他。他一激灵，话卡在喉咙里。

谢立峰近期神情恍惚。说起来，都是一双眼睛"跟踪"的缘故。

这眼睛是谁的呢？他爸的（他爸是个退休的老税务）？老税务局长的？还是领他走上税务的老师的？像是，又像都不是。

那双眼睛有一天突然冒出来的，目光变幻莫测，有时嘲弄，有时愤怒，有时紧张，弄得他快要崩溃了。

那天，他跟女朋友小小相拥着走在公园林荫道上，小小突然仰起头，轻启玫瑰花般娇艳的唇，问："你真爱我吗？"

"你说呢？！"

她眨眨眼，俏皮地说："你要真爱我，我爸爸公司的税，你想法免了吧！"

他是税务局的，因表现突出，去年被评为"全市税务系统十佳青年"，目前单位正准备提拔重用他。

　　他当时一怔，心里很不舒服，就像吃饭正高兴时猛吞一只苍蝇。瞬间他又释然了，女儿为爸爸分忧天经地义。于是他笑笑："偷税可是违法的情，这忙，我帮不上！"

　　她噘起红唇，说："这事在你的管辖区，你只要使个眼色，不就办了吗？看来，你爱我，还不是真心！"

　　他忙说："我咋不真心啊，我可是真心真意地爱你啊！"

　　"这点小事你都不帮忙！说爱我，不是笑话吗？"

　　他想想也是，小小是自己心仪的女人呢，自己曾信誓旦旦说为了她，赴汤蹈火都在所不惜。可事到临头，自己又……能不让她寒心吗？

　　他正想开口应允，心突然麻了一下，感觉有什么东西穿越身体飘进空气中。他惊恐万状，慌忙抬头，竟看见一个类似心形的东西，上面嵌着一双犀利的眼睛，正鄙视地盯着他。他一激灵，话卡在喉咙里。

　　他忙以身体不舒服为由，丢下一脸迷茫的小小，逃回家。

　　从那之后，这双眼睛如影随形影。每次他跟小小在一起，只要一提到免税的事，那双眼睛就会很严厉地盯得他，盯得他心发慌。有些想说出口的话，硬是被眼睛逼进喉咙。

　　小小的忍耐也是有限度的。当他一而再再而三找理由搪塞时，她气急了，冲着他大吼："谢立峰，你根本就不爱我，我们分手吧！"

　　他知道他真的伤了她的心。他想跟她解释，可她不给机会，转身愤愤离去。

　　他望着渐行渐远的背影，心像被无数钢针在扎。小小美丽而又聪颖，是自己梦中的白雪公主，难道就这样

舌尖上的刺刀

分手吗？

不！不！他不由自主紧追几步，冲着她的背影刚想喊，那……那该死的眼睛一个急转身，窜到他的前方，用鄙夷的目光死死盯着他！他心一慌，舌头打了结，张着嘴喊不出半个字。

回到家，他把散了架的身子铺在床上，望着天花板出神。刻骨铭心的一段恋情，说散就散，他真难以承受。他在心里骂自己，不就是偷一次税吗？有什么大不了的！以自己现在的身份，只要谨慎一点，易如反掌呢。自己不说，小小不说，谁知道呢！时至今日，都是那双该死的眼睛惹的！

想到那双烦人的眼睛，他不禁一阵心慌，急忙四处张望，那双眼睛正漂浮在雪白的天花板下面朝他耻笑。

他不再躲避，与眼睛对峙，心想，我堂堂七尺男孩，还会怕"你"不成？为了心上人，我一定不能输！长久的较量之后，他终于占了上风。那双眼睛很哀伤，盯了他数秒之后，很失望地转身消失了……

他从床上一跃而起。他要去见小小，告诉她："免税的事，好说！"

他急匆匆地走在路上，不料跟迎面而来的一个人撞了满怀。

那人很生气，怒道："眼睛呢！？"

真是人倒霉，喝口凉水也塞牙。他撞着的这人竟是本县的地霸陆老大。陆老大去年抗税，他硬是从他的口袋里把税款抠出来。为此，陆老大一直怀恨在心，扬言要收拾他呢。

陆老大对他挥舞着拳头，他本能地把头一偏，厉声道，"陆老大，你想干什么？"

不料陆老大闻言立刻住手，盯着他看了几秒，惊喜地叫道："谢老弟呀！我正想请你喝酒！"

"喝酒？"他警惕起来。

"嗯，我很感激你！昨天我的一位兄弟，因偷税被抓起来了。如果没有老弟你，昨天，我也许咔嚓一下……"他做了一个铐手铐的姿势。

他的心咯噔一下，头上不由得冒出丝丝冷汗！想自己堂堂一个国家税务工作人员，竟为了儿女私情，差点办了糊涂事！

他的心陡然开朗，放眼远望，发现那双眼睛不知什么时候又回来了，正用赞许的目光望着他，趁他愣神间，"嗖"的一声窜入他的体内。

他暗叫了声："好险！"

他走上前紧紧握住陆老大的手说："谢谢你！走，我请你喝酒。"

一块巧克力

导读：我做梦也没有想到，盒子里装的竟然是香皂！我的脸由白转红，由红转白，不知所措地站在那，双手拼命地搓着衣角。

丁小山总偷偷地逃学，老师没辙，向小山的父亲投诉他。

小山的父亲一个劲地向老师表示歉意，自己教子无方，给老师添麻烦了。

舌尖上的刺刀

小山放学之后，揣着小兔子般蹦跳的心回到家。他想等待他的肯定是暴风骤雨的斥责。

可出乎小山的意料之外，父亲并没有责骂他。父亲亲热地拉过他的手，把他带进书房，从锁着的抽屉里捧出一个水晶盒，透过水晶可以瞧见里面有一块缺了角的状似巧克力的东西。小山一脸的迷茫，不知道父亲葫芦里卖的什么药。

父亲指着那块缺角的"巧克力"，儿子，今天我跟你讲讲我跟这块"巧克力"的故事。

我小时候很顽皮，不爱学习。可是我受爷爷的影响，天生有一颗感恩之心，对老师特别尊敬。每次旅游，无论如何都不会忘记给老师带回一份小礼物。

一次你爷爷带我到英国旅游，我照例给老师买了一盒特别精致的礼物。

回国之后，我拿着礼物兴冲冲地找到班主任，变法戏地从怀中拿出那精致的礼品，双手递到老师的跟前，"老师，这是我到英国特意给您买的巧克力，你尝尝。"然后一脸灿烂地等待班主任品尝。

此时刚好一位家长来访，班主任歉意地对我笑笑，随手把礼物放在办公桌上。

我看着被冷漠在一旁的巧克力，一脸的落寞。此时班主任六岁的小女儿蹦蹦跳跳从外面闯了进来，看见桌上那精致的礼物盒，迫不及待地打开，一股浓郁的香气立刻充溢房间的每一个角落，"好香！"小女孩抓起就往嘴里送。

我很开心，一会小女孩肯定会大呼好吃，真好吃！

令我吃惊的是，小女孩张开嘴"哇哇"地大吐起来。一边吐一边叫："妈，这是什么呀！"

　　突然的变故让我措手不及，我瞪着一双迷茫的眼睛，急忙说："这可是正宗的英国巧克力……"

　　小女孩毫不客气地打断我的话，"哥哥骗人！才不是呢。好像是……好像……"小女孩歪着一颗小脑袋努力地搜索着。

　　"也许……也许外国的巧克力味道有点不一样吧。"我红着脸解释。

　　恰在此时，一个同学前来找班主任，看着小女孩手里拿着的"巧克力"，急忙说道："这是香皂，不能吃的！"

　　"对，对！香皂，是香皂。哥哥骗人，骗人！"小女孩撅着嘴大声地嚷。

　　我真傻了！盒子上的英文我不认识，当时只觉得盒子精致漂亮，再看里面东西的颜色、形状像巧克力，买了下来。

　　我做梦也没有想到，盒子里装的竟然是香皂！我的脸由白转红，由红转白，不知所措地站在那，双手拼命地搓着衣角。

　　班主任似乎明白了什么，蹲下身子抱过小女孩，随手拿过她手上的巧克力，微笑着附在她的耳边轻声说了一句什么，小女孩点点头，燕子般飞了出去。

　　班主任站起来，拿着那块缺了一个角的"巧克力"，用手掰下一小块往嘴里送。

　　我急得脸惨白，紧张地盯着老师，连大气都不敢喘。

　　老师启开樱桃小嘴，一边嚼一边不停地点头，"嗯，香，好吃，英国的巧克力就是不一样。"

　　"老师……"

　　班主任微笑着从那块巧克力上掰下两小块分别递给我跟那同学，"来，你们也尝尝。"

舌尖上的刺刀

我跟那同学拿着巧克力，犹豫着不敢往嘴里送。

"真的挺好吃的，快吃吧！"班主任笑着催促。

在班主任的催促声中，我跟那同学把巧克力慢慢送进了嘴里，"哇，好甜！"

"盒子上……"那同学忍不住质疑。

"哦，肯定是包装时，员工大意出的差错。"

"老师……"我想说什么，嗫嚅了半天却说不出一个字。

"什么都不用说了，快去读书吧。"

我对班主任感激涕零。当天夜里偷偷地找到他，要回了那块被老师调包的"巧克力"，把它当作珍品一样珍藏起来，时刻告诫自己，才有了今日的成就。

小山的父亲深情地看着那块缺角的"巧克力"，意味深长地说："小山呀，爸爸是因为学习不努力，才会……"

"爸爸，你什么都不用说了，我明白了！"小山羞愧地低下了头，脸红得像天边的彩霞。

那次之后，小山再也不逃学啦。

拜访老同学

导读：颜玉让小军在前面带路，小军带着她们往大厅的一个角落走去。几个同学见他们过来，急忙上前迎接，寒暄之后又马上分开，快速地站到几个餐桌的旁边，这让小岚很不解。

随笔随语

小岚假期回家探亲途经长沙时，拨通了老同学颜玉的电话。

颜玉非常开心，急忙前往迎接。

临行前，颜玉把这消息告诉在长沙工作的同学，并跟他们约好到百年老店火宫殿为小岚接风洗尘，要让小岚体味一下余香绕嘴三日的感受。

颜玉带着小岚左一个转弯，右一个转弯，最后一脸神秘地把小岚带进一条老街。老街里人如蝼蚁，车辆犹如乌龟爬行，半天才能移动一寸。

小岚一脸的迷茫，大街上有档次的店多如牛毛，干吗非要钻小巷？莫不是老同学为了节省开支？

颜玉似乎看出了小岚的迷惑，笑着介绍，老街里有一家百年老店火宫殿，里面的臭豆腐名扬四海。当年毛泽东到长沙视察时，还专门到火宫殿吃臭豆腐呢。到长沙，不吃火宫殿的臭豆腐，会终生遗憾。

臭豆腐对于小岚来说，并不陌生，以前在老家的时候她就常吃。好吃是好吃，终生遗憾就有点夸张了，她便不置可否地笑笑。

颜玉似乎猜出了小岚的心思，你别不信，火宫殿的臭豆腐跟其他地方的，味道可是天壤之别的。老板为了百年老店的称号，历尽了常人难以想象的艰辛，才有了今日。颜玉一边说着一边指着潮水般涌向火宫殿的人群，你看看，这些人都是慕名而来。

颜玉这么一说，小岚对火宫殿的老板陡升钦佩之心，对臭豆腐生出几分渴求。

她们好不容易挤进火宫殿，密密麻麻的人群中有人向她们挥手。

颜玉笑着告诉小岚，她通知了长沙工作的所有同学

舌尖上的刺刀

为她接风，他们肯定等急了。

你这家伙，小岚给了颜玉一拳，也不事先告诉我。

还不是想给你一个惊喜嘛。

受到老同学这么隆重的接待，小岚的心暖暖的。

冲她们挥手是小军，他一脸的歉意，包厢全没了，只能委屈老同学在大厅了。

颜玉让小军在前面带路，小军带着她们往大厅的一个角落走去。几个同学见他们过来，急忙上前迎接，寒暄之后又马上分开，快速地站到几个餐桌的后面，这让小岚很不解。

小军笑着向小岚解释，他们呀，是在抢座位！你看看，每个餐桌的后面，都站着好几个人，都是没有座位的顾客……

此时小岚不得不对火宫殿的臭豆腐刮目相看了，对老板更是佩服得五体投地。

小岚还注意到，那些顾客一边吃着臭豆腐，一边不停地咂嘴巴，馋的小岚直咽口水。

大约一个小时之后，他们才好不容易抢到座位。

分别十几年的老同学相聚，大家好像回到了同学时代，忆起以往的快乐时光，一个个激动得脸泛红光。

大家正聊得火热，小芳气喘吁吁地跑来了，一个劲地致歉，老同学远道而来，有失远迎，还望海涵。

颜玉不等小岚开口，抢在前面说，咱们的小芳现在事务繁忙，要不是看在小岚的分上，怕是请不动哦！

小岚很是惊讶，把疑惑的眼光投向颜玉。

小岚你还不知道吧？小芳呀，现在是湖南师范大学有名的教授，慕名而来的学生让她应接不暇。

名教授？小岚的笑容僵在脸上，筷子停在空中忘记了搛菜，眼睛直直地盯着小芳忘记了转动。

小芳那时在班上毫不起眼，学生成绩属于中等偏下，老师跟同学们都认为她，前途一片暗淡。而小岚却是老师的骄傲，成绩总是名列前茅，人生之路是鲜花铺地。可她考上大学之后很知足，至今仍然是一位普通中学老师……

对呀！快嘴的颜玉打断了小岚的思路。小芳复读一年之后考上了师范，后分到一个偏远的小学任教。期间，她一直没放弃学习，考了研，通过努力又拿下了博士，才有了今天。

小岚，来，多吃点，颜玉一个劲地往她碗里夹臭豆腐，仰着一张甜甜的笑脸，好吃吗？

好吃，好吃，跟一般的臭豆腐就是不一样！

那是当然！要不，干吗要不辞劳苦跑到这里来？颜玉一脸的得意。

对！你说得太好了！想吃到真正的美味，必须付出成倍的辛苦！

唉！要是早几年来就好了！小岚轻轻地叹道。

不是游戏的游戏

导读：游戏结束后，陈老师让最后一个同学把听到的原话当众说出来，"把浴巾晾起来"。话音一落，参加游戏的几个你看看我，我看看你，很是惊讶。

班主任陈老师脚还未踏进教室，几个同学围了上来，

舌尖上的刺刀

像一只只小鸟叽叽喳喳嚷开了，"陈老师，小军打小明了"、"陈老师，小明在哭"、"陈老师，小明说小军是傻瓜"……

陈老师让大家不要吵闹，很惊讶，小明是出了名的乖巧，从不惹是生非，小军无缘无故干吗要打他？

小军看见陈老师，气呼呼地冲了过来，状告小明侮辱他的人格。而小明呢，低头坐在座位上，不停地用手去抹眼泪。

从小军的叙述中，陈老师得知，有同学偷偷地告诉小军，小明背地里说小军蠢得像一头猪，怎么教都是白搭。小军听说之后火冒三丈，看见小明，不管三七二十一，冲上去对着小明就是一拳，打得小明晕头转向。

陈老师把疑惑的双眼投向小明，小明泣不成声，说自己根本就没有说过这种话。

小军飞舞着拳头猛地冲近小明，再不承认当心我揍扁你！

陈老师及时阻止，小明才免了那一拳头之苦。

陈老师安抚好两人的情绪，上课铃响了，正好是班会课。陈老师跟同学说，今天的班会课我们换一种方式，玩一个游戏怎么样？"好呀，好呀！"同学们欢声雷动。陈老师告诉大家玩的游戏是"快乐传真"，就是由第一个想一句话，然后附耳告诉第二人，第二人又把听到的话附耳告诉第三人，这样依次传递，由最后的那人把听到的话说出来。游戏规则，每人只能说一次，不可重复。途中如果中断，那中断游戏的人就要受到应有的惩罚。

为了慎重起见，陈老师让同学们推荐 10 位办事踏实，很少出差错的同学参加游戏，并一再告诫他们，游戏时不可抱一颗玩笑的心，一定要专心，以免误传。10位同学信誓旦旦地保证一定。游戏中，10个同学屏气凝神，一丝不苟地向下一位同学传递着自己听到的原话。

游戏结束后，陈老师让最后一个同学把听到的原话当众说出来，"把浴巾晾起来"。话音一落，参加游戏的几个你看看我，我看看你，很是惊讶。

陈老师微笑着让他们逐一报出自己当时说的话。第一个是"我不胖"！第二个还是原话，第三个就多出了两个字"我不是很胖"，第四个竟然是"我很胖"后面就变成"我没听见"最后竟然演变成"把浴巾晾起来"！真是五花八门，百花齐放！"轰"的一声，同学们哄堂大笑，一个个笑得前仰后翻。

陈老师就这个游戏循循善诱，好好的一句话为什么到最后会变成面目全非，主要是那原话是通过许多人传递的结果。"快乐传真"看似游戏，其实是我们生活的真实再现。就拿今天小军跟小明的事情来说，极有可能……

小军再也坐不住了，红着脸站了起来，陈老师，我错了！今天我……我不该太冲动……一边说一边走近小明，小明，我错怪了你，请你原谅我！

小明宽容地笑笑，小军，这件事情也不能全怪你，谁听见那样的话都会冲动，都会生气，我不怪你。

此时教室里有几个同学不好意思，不约而同地站起来，老师，都是我的错，我……

陈老师笑了，脸像盛开的鲜花般灿烂。

舌尖上的刺刀

眼 疾

导读：小玲急忙辩解，肯定是眼睛有问题，怎么可能眼花呢？昨天我确实又看见他了，他穿着我买的那件白色衬衫。有了上次的教训，这次我没顾上整理衣物，急忙伸手把他拉住，可是、可是……泪无声地在她脸上流淌。

小玲一脸惆怅地走进医院，挂了眼科的号。

眼科医生一看见她，很是吃惊，是你？上次检查不是很正常吗？

小玲一脸的无奈，语气里盛满了伤痛，医生，我的眼睛肯定有问题，求你帮我再认真检查一次吧！

医生一脸的不悦，可抬眼看见无助的小玲，一丝伤痛莫名地爬上心头，忙柔地问她哪里不舒服？

小玲未曾开口泪先流，嘴翕动了半天却说不出一个字。

别急，有话慢慢说，是感觉胀痛、看东西模糊还是感觉里面有什么东西挡住视线？

小玲使劲地摇头。

你总得告诉我是怎么回事，我才能帮你治疗呀，总不可能随便给你开点药或者开瓶眼药水，你说对吧？

小玲抬起雾蒙蒙的双眼，哽咽道，其实我自己也搞不明白是怎么回事，很久以来，眼前的事情跟现实总存在误差，别人取笑我，说我的眼睛有问题。

医生很费解，那么明亮的一双大眼怎么会出现这种问题?

小玲的脸顿时泛起一片红晕,凝视窗口,似乎想从窗外的世界寻求答案。她收回视线,神色愀然,前天我明明看见他一脸灿烂朝我走来,当时别提有多开心,我急忙拉拉衣角,抚平有点乱蓬的头发,笑盈盈地迎了上去,可奇怪的事情发生了……眼前全是陌生的面孔,我急忙问旁边的好友,刚才有没有看见他?好友竟然笑我看花了眼!

医生是个中年妇女,有一张白净的面孔和一头花白的头发。虽然已进入更年期,但她对年轻人的情伤颇为敏感,急忙问道,你说的那个他是谁?

一丝伤痛在小玲眼中倏地闪过,她轻声道,他是我的男友……她难过得说不下去。

医生轻舒了一口气,打断她的话,就这点事呀,这与眼花有何相干?

小玲急忙辩解,肯定是眼睛有问题,怎么可能眼花呢?昨天我确实又看见他了,他穿着我买的那件白色衬衫。有了上次的教训,这次我没顾上整理衣物,急忙伸手把他拉住,可是、可是……泪无声地在她脸上流淌。

医生忙问,后来怎样了?

那人骂我神经病!我把所见说给同事听,她们都说我眼睛肯定有问题。

医生忙安慰她,同事只是一句戏言,你干吗这么较真?你肯定看到了别的小伙。也许,那小伙像你的男友,事实上,他根本不是你的男友。

小玲仍在哭泣,他就算化成灰我也认得,肯定是眼睛出了问题。

医生很无奈,只好很认真地给她检查,结果一切

舌尖上的刺刀

正常。

这下放心了吧？

眼睛没问题，怎么可能出差错呢？是不是仪器有问题？她反复地问着医生。

医生摊开手摇摇头，沉思一会，吃惊道，他不是你的男朋友吗？电话证实一下不就真相大白了？

她身子一颤，无声的细雨化作滂沱大雨，不知道打过多少次了，不是无人接听就是关机。

哦，可能对方有不能让你知道的隐私吧？医生若有所思。

不可能，绝对不可能。他曾经说过这辈子我是他的唯一。

想起男友的誓言，小玲激动起来，她对医生的猜测十分不满。于是为男友想到了另一个理由，他肯定是工作太忙了，过一阵会来看我的，你说对吗？

医生连连点头，对，对，对！

可是几个月过去了，他音信全无。

医生提示道，是不是还有别的原因？也许，他已经……

她恍然大悟，尖叫道，对！一定是另有原因，是不是他得了重病，怕我担心才……我真傻，我真傻！怎么没想到呢？

她急得在室内团团转，耳旁突然传来医生的厉喝声，快出去，这里是眼科，精神病人怎么跑进来了？

她很是惊讶，向医生投去疑惑的目光，科室内明明只有她跟医生本人，哪里有什么精神病人？

医生用力地揉揉眼，轻声道，刚才明明看见一个女的，披头散发，两眼迷乱，怎么一眨眼就不见了？

　　她受了惊吓，急忙从医院逃了出来，喃喃自语道，唉！真倒霉！这里的医生眼睛也有问题！

　　她跌跌撞撞跑向大街，她真的疯了。

隐形针

　　导读：医生听完她的诉说之后，让她睁开眼睛检查。之后很肯定地告诉她，问题出在她的眼睛上。她的眼睛里藏着一根无形的针！

　　她年轻漂亮，25 岁就坐上了经理助理的宝座。道理上来说，她应该很开心。可是她一点也开心不起来，认识的、不认识的，还有她的亲人都跟她作对，她特别郁闷。

　　她无论什么事情，喜欢追求原生态，闺房从不刻意收拾，乱得像狗窝。母亲每次来看她，进门第一件事情就是帮她整理房间。她不让，母亲偏要收拾，一边收拾还一边唠叨，女孩子的闺房，要整洁，清爽，给人舒适的感觉。她听着心里就烦，埋怨母亲跟她作对。母亲一走，她立马把闺房打回原形。

　　母亲不迁就她也就算了，谁让母亲是长辈呢。偏偏男朋友也惹他烦躁。刚认识男朋友那会，她觉得男朋友特爷们。可一段时间之后，觉得男朋友不够霸气，特没主见。拿上次情人节来说吧，男朋友请她吃饭。她喜欢客随主便，男朋友点什么，她就吃什么。可男朋友不懂她，还跟她作对，她不想点菜，他硬是逼着她点，说什么她

舌尖上的刺刀

喜欢的才是他喜欢的。她一听就火，丢下两个字"无语"，跑了。

最令她容忍不了的是，下属也跟她作对。上次总裁来公司检查，她立刻布置下属打扫卫生迎接总裁。她去检查时，不是这里没搞干净，就是哪里不够彻底。特别是小玲，擦玻璃一点也不用心，玻璃上竟然留下一道浅浅的灰尘。她帮小玲指出来，小玲特别委屈，红着眼眶说玻璃亮得能照出人影，是她鸡蛋里挑石头，故意刁难。

她满腹的委屈无处诉说，只好找网友倾诉。网友听后，建议她去看看心理医生。她听后心里便打起了鼓，难道自己真的心里有问题？思考良久，她决定采纳网友的建议。

医生听完她的诉说之后，让她睁开眼睛检查。之后很肯定地告诉她，问题出在她的眼睛上。她的眼睛里藏着一根无形的针！

眼睛好好的怎么会有针呢？她急得哭了起来。

你别急。我没办法把无形针从你的眼中取出来，但我有办法让无形针慢慢退化，直至消失。不过，这需要你的配合。

医生，只要你帮我把针取出来，我会全力配合的。

好！现在你闭上眼睛，回答我的问题。你嗅到什么？

浓郁的玫瑰花香味。

你凭着想象描绘一下这束玫瑰花。

一束火红的玫瑰，娇艳欲滴，让人赏心悦目。

现在你的心情如何？

开心。

好了，现在你可以睁开眼睛了。你看到了什么？

一束玫瑰花。

漂亮吗？

她皱着眉头不说话。

这束玫瑰花漂亮吗？医生加重了语气。

不！它让玫瑰花变得丑陋。她指着玫瑰花瓣上的一个小黑点说。

你看，同一束玫瑰花，闭上眼跟睁开眼，两种完全不一样的心情。什么原因呢？其实就是那根无形的针在作怪。医生稍停顿一下又继续说，你闭上眼睛，闻到的是玫瑰的香味，想到的是它的娇艳。可当你睁开眼睛，那根无形针乘机跳了出来，挑出了玫瑰花的暇眦——那个小黑点。因为那一点暇眦，你忽视了花的娇艳，闻不到花的芳香，心情由此变得很糟糕。

医生，求你，求你帮帮我吧。

医生拿出一瓶眼药水说，这是我根据你这种情况，配制的一种眼药水。每天早上起床之后，你滴一滴眼药水，它具有软化隐形针的作用。不过这是其一，还有其二，这其二嘛，医生卖起了关子。

其二是什么？医生你快告诉我。

其二是一个口诀：世界上的人和事物，都不是十全十美的，有暇眦，亦有美好的一面，不应因一点点暇眦，而忽视了美好。你跟人或者事物接触时，你在心里反复地念叨这个口诀，它能抑制无形针再度硬起来，加快无形针消失的速度。

这么简单？

嗯，一瓶眼药水为一个疗程。有些人不需一个疗程，那根针已完全消失。可有些人，几个疗程甚至用了一辈子的时间，最后还是把那根针带进了坟墓。这就得看个

舌尖上的刺刀

人的造化了。她似懂非懂。

事也碰巧，看完心理医生的第二天，母亲如约而至。母亲踏进门的那一刻起，她不敢怠慢，开始在心里反复念着口诀。这次，母亲怎么唠叨，她都不觉得烦。母亲帮她收拾房间，她心存感激。此刻她的心情是愉悦的。

她深切地感觉到，自从滴了眼药水之后，身边的人和事在她的眼里变得可爱起来，她的心情无比舒畅。

大约半个月后，早上起床后，匆忙间，她忘了滴眼药水，那天她心里直打鼓，幸喜那天，她一直在办公室忙，没有直接跟下属交往，下班时，她长长地吁了一口气。正准备回家，男朋友约她一起吃饭。男朋友还像以往一样要她点菜，恰在此时，电话响了。她因接电话连口诀也没法念。让她意想不到的是，这一次，她左看右看，觉得男朋友很 man。男朋友这样做，只是因为太爱她的缘故。

她兴奋莫名，立刻去找医生，医生听说之后，笑着说，恭喜你，你眼中的那根无形针已经完全退化了。

回家之后，她拿着眼药水，觉得它真的太神奇了。她想知道这眼药水到底是什么原料配制而成的。她便拿去化验，拿着化验结果，她懵了！这瓶眼药水竟然是纯净水配制而成。